JN284003

七夜の約束

キンバリー・ラング 作

萩原ちさと 訳

ハーレクイン・ロマンス

東京・ロンドン・トロント・パリ・ニューヨーク・アテネ・アムステルダム
ハンブルク・ストックホルム・ミラノ・シドニー・マドリッド・ワルシャワ
ブダペスト・リオデジャネイロ・ルクセンブルク・フリブール・ムンバイ

THE SECRET MISTRESS ARRANGEMENT

by Kimberly Lang

Copyright © 2009 by Kimberly Kerr

All rights reserved including the right of reproduction in whole or in part in any form. This edition is published by arrangement with Harlequin Enterprises II B.V./ S.à.r.l.

® and TM are trademarks owned and used by the trademark owner and/or its licensee. Trademarks marked with ® are registered in Japan and in other countries.

All characters in this book are fictitious. Any resemblance to actual persons, living or dead, is purely coincidental.

Published by Harlequin K.K., Tokyo, 2013

キンバリー・ラング

中学時代、授業中に教科書のうしろに隠して読んでいたほどロマンス小説が好きで、大学院進学後も、ハッピーエンドのラブストーリーに夢中だった。バレエダンサーだったが英語教師になり、エンジニアと結婚した。現在は美しい北アラバマに、コンピュータマニアの夫とスポーツに夢中な息子とともに住む。

主要登場人物

エラ・オーガスチン・マッケンジー……ソフトウェア設計者。愛称エル。
メラニー……エルの親友。愛称メル。
ブライアン……メルの夫。
ロスコー……エルの隣人の飼い犬。
ウィリアム・マシュー・ジェイコブズ……ブライアンの親友。弁護士。愛称マット。
ジリアン……マットの友人。画廊経営者。
ロス・ケリー……マットの友人。
デビー……マットのアシスタント。

1

「なんてやつだ！」ウインカーも出さずに突然割りこんでくるとは。

マットは、急に彼の車線に割りこんできたキャデラックにクラクションを鳴らし、速度を落とした。結婚式のリハーサルの開始時刻から、すでに一時間が過ぎていた。それに、この調子ではディナーにも間に合わない。マットことウィリアム・マシュー・ジェイコブズが住む世界では、遅刻するのは愚か者だけだ。そして、彼は愚か者にはなりたくなかった。

マットは、アクセルを踏んでキャデラックを追い越したが、運転手に〝ばかやろう〟と中指を突き立てるのはさすがに慎んだ。結婚式に出るために、なぜここまで苦労させられるんだ？　アトランタからシカゴなど、楽に行けるはずなのに。でも、そうはいかなかった。昨夜、土壇場まで顧客との面会があったおかげで、予定の便に乗り遅れた。今朝は大荒れの天気のせいで、航空機の欠航や遅延が続いた。その結果、ハーツフィールド空港は混乱状態。航空会社が便の振り替えを行ったので、マットはシャワーを浴びる間もなくシカゴのオヘア空港に降り立った。そして今、懐かしいふるさとであるバーウィンの教会を目指し車を走らせている。

携帯電話が鳴った。発信者を確かめ、無視しようかと考える。なにしろ、まともに休暇を取るのは三年ぶりだ。だが結局、無視どころか、マットはハンドフリーにしてある電話に出て、アシスタントに大声で指示を出した。

急ターンして教会の駐車場にレンタカーを入れたとき、マットは教会の集会場《パリッシュ・ホール》に料理を運んでいるケータリング業者に気づいた。ともかく、ディナーには間に合った。

「いいか、顧客の望みどおりに変更すればいい。大した問題じゃないよ。ただ、契約書が有効かどうか、ダレンに再確認してもらうまでは、誰もサインするな。この一件は、僕の手を煩わさず、君たちで処理してくれ。メールは月曜にチェックする。もう電話を切るぞ」マットはそう宣言するなり、携帯電話をグローブボックスに放りこんだ。これまで仕事中毒《ワーカホリック》と責められながらも、夢中で仕事をしてきた。その恩恵は充分に受けたが、いくらなんでも限界がある。一週間くらいボスがいなくても、部下たちだけでうまくやれるはずだ。

丸一日を飛行場と飛行機内で過ごしたせいか、十月の風は気持ちがよかった。けれど、この風が冬を運ぶ身を切るような冷気に変わる日も、そう遠くはない。マットはぶつぶつ言いながら、後部座席からジャケットを取った。彼は何年も前、雪が多く凍えるほど寒いシカゴの冬に愛想を尽かし、暖かい土地に移り住んだ。そして今まで、その決断を一度も後悔していない。

教会に入るや、親族に囲まれて幸せな花婿を演じきっているブライアンが見えた。そのまわりで、高校時代の友人が数人、所在なげにぶらついている。ブライアンと目が合ったあと、同じ幼なじみのジェイソンが満面の笑みで近づいてきた。そのとたん、惨憺《さんたん》たる午後の記憶はすっかり頭から吹き飛んだ。

「やっと来たか。心配になり始めていたところだったよ」

「こっちもだ」マットは疲労のにじんだ手で髪を梳《す》きながら、シャワーを浴びる時間があれば、と思った。「僕のタキシードを取ってきてくれたか?」

「ブライアンの家にあるよ」

「悪いな。リハーサルをすっぽかして。ブライアンはかんかんだろう?」

「いや、ブライアンは気にしてないよ。かんかんなのはエラだ」ジェイソンは、花嫁を囲んでいる女性の一団を顎で示した。

「誰だ?」

「恐怖の花嫁付き添い《ブライズメイド》。僕だったら、彼女を避けるね」一団を離れ、女性がひとり、こちらに近づいてくる。それを見て、ジェイソンは口をつぐんだ。女性は、クリップボードを握っている。

ああ、あれがエラか。三年前、ブライアンがメラニーとつき合い始めてから、エラの噂《うわさ》は聞いていた。だが、これまでは会う機会がなかった。「彼女は――」

「手遅れだな。エラは誰かに君がここにいると聞いたんだ。じゃあな」ジェイソンは、関わってはたまらないとばかりに、ほかの花婿付き添い《グルームズマン》のほうに走り去った。ほかのグルームズマンは、やあ、とマットに挨拶したが、遠巻きに見ているだけだ。

一目散に逃げ出すジェイソンを見るのは不思議だが、ほかの友人たちの態度も同じくらい奇妙だった。いったいどうなっているんだ? ハイヒールを響かせて近づいてきた若い女性に、マットは注目した。

彼女の体は子どものように小柄だったが、文句のつけようがないほど均整がとれていた。むきだしの肩につややかな黒髪がかかり、おのずと真っ白な肌に注意がいく。体の線を強調する淡いブルーのドレスの裾が、彼女が歩くたびに、引き締まったふくらはぎのあたりで揺らめいていた。ジェイソンがそそくさと逃げ出すほどの意地悪ばあさんには、とうてい見えない。彼女が近くまで来たとき、普段は非常に美しいはずのその顔が、ストレスで張りつめているのがわかった。

「エラよ。メラニーのブライズメイド。あなたはマットね?」

洗練された挨拶なんて、その程度さ。マットは、エラの心をわしづかみにするような笑みを浮かべ、握手の手を差し出した。「マット・ジェイコブズ。花婿付き添い《ベストマン》代表の役目を果たしに参りました」

「すてき」熱意のかけらもない口調で言うと、エラは上の空という顔でマットと握手した。「今夜は、もう現れないのでは、と心配していたの」いずれエラも、僕の顔をまともに見ざるをえないだろう。いつしかマットは、彼女の瞳は何色なのだろうと考えていた。エラはクリップボードを持っていたことを思い出し、ボードを参照しながら説明した。「リハーサルでは、デイビッド・パークスがあなたの代役をしたの。デイビッドから段取りを教えてもらってちょうだい。リハーサルをやり直す時間はないから。何か質問があったら、私のところに聞きに来てね」

エラの声は、小柄な女性にそぐわず低くてかすれていたが、口調は終始ビジネスライクだった。マットの聞き間違いでなければ、語尾を引きずるような話し方は、エラがこのあたりの出身でないことを示している。

「ええと、ディナーのあと、マイク神父が彼の書斎でグルームズマンの皆さんに会いたいとおっしゃっているの。だから、勝手にどこかに行かないで。それはそうと、誰かあなたのタキシードを引き取ってきてくれたのかしら？」

エラは子どもサイズかもしれないが、非常に優秀だ。ジェイソンが、彼女を見て逃げたのも不思議はない。エラが次から次へと違う話題を持ち出すたびに、マットはうなずくほかなかった。

「いいわ」エラは、目の前のリストに実際にチェックを入れた。「本番で間違わないよう、必ず今夜のうちに練習しておいてね。シャツの飾りボタンとカフスボタンも忘れずに確認してちょうだい。何か問題があったら、朝、レンタルショップに電話をして。

あなたが店に入れるよう手はずを整えてくれるから。この番号よ」エラはマットに名刺を手渡した。エラが間をおき、いぶかしげに細めた目で彼を見たので、マットは何か念入りに調べられた気がして落ち着かなくなった。彼女が何を確認していたにせよ、取り調べには合格したらしい。エラはうなずき、項目のひとつをチェックで消した。「そうだ、独身最後の《バチェラー・》パーティ《パーティ》についても話しておかなくちゃ。今夜、パーティを計画しているんでしょう――」

マットは大声で笑い、エラの言葉を遮った。「大丈夫だ。メラニーにも言ってあるけど、ブライアンに道を踏み外すようなまねをさせる気は――」

「あなたたちが何をしようとかまわないわ」マットは、無意識に〝信じられない〞と言いたげな顔をしていたに違いない。エラは尊大に片手を振った。「本気よ、どうでもいいの。私の関心はただひとつ。あなたたちがブライアンをいつ写真に撮られてもい い、溌剌《はつらつ》とした姿で一時までに教会に送り届けてくれるかだけ。わかった？」

エラはようやくマットをまともに見て、最終通告を口にした。緑色の大きな瞳が〝私の言葉に口をはさまないで〞と警告しているのを見ると、ここは黙ってうなずいておくのがいちばん安全なようだ。

「いいわ。今言った注意事項は、ほかのグルームズマンにも念を押しておいてね。二日酔いで目が充血していたり、ひげも剃《そ》らずに遅刻して現れたりする者が誰ひとりいないように」今一度クリップボードを確かめたあと、エラは満足したのか笑みを浮かべようとしたが、あいにく目は笑っていなかった。「ブライアンがあなたを捜していたから、解放してあげる。彼のところに行って」

そのとき、携帯電話が鳴った。エラはクリップボードを落としそうになりながら、もう一方の手で電話を取り出した。〝失礼〞と言って立ち去るときには、彼女はすでに話に夢中になっていた。

これで終わり、というわけだ。マットは去っていくエラの後ろ姿を見守った。明らかに気になることがあるらしい。ケータリング業者がディナーの準備をしているところに向かいながら、エラはクリップボードをしきりに眺めている。

エラと入れ替わりに、ジェイソンが戻ってきた。

「だから言っただろう」

ジェイソンやほかのグルームズマンが、なぜ遠巻きにしているのか、今ようやくマットは理解した。

「やれやれ、こんなふうに言い含められたのは、高校一年生のとき以来だ。女子のロッカールームが荒らされたあと、シスター・メアリー・トーマスに職員室に呼ばれたあのとき以来だよ」

「まったくだ」ジェイソンの声には憤慨と苦々しさがにじんでいた。何かの件で相当エラにとっちめられたに違いない。「くそっ、さっきも僕たちを全員整列させ、ヘアカットが必要かどうか確かめた」

では、さっき僕をじろじろ見ていたのは、それを確かめるためだったのか。

「そうなんだ。エラは僕のためにヘアカットの予約を取り、僕が髪を切りに行ったか、わざわざ電話で確かめた」家族からようやく解放されたブライアンがマットを取り巻く一団に加わった。「今度ばかりはおまえもどじを踏んだな、マット」

「まったくだ、すまない。フライトが欠航に――」

「大丈夫だよ」きさくに肩をすくめたブライアンの反応は先ほどのエラの態度とは対照的だった。「大して難しい仕事じゃない。立って、歩いて、リングを持つ。おまえは頭がいいから……問題ない」

「エラはその意見に同意しないな」

「エラ？　彼女もおまえがうまくやれることはわかっているよ。メラニーもこの結婚式も、エラにしっかり取り仕切られている。でも、エラなしでは、メラニーはお手上げだっただろう。エラはすばらしい仕事をしてくれた」

「そうだな、エラのことはよく知らないが、彼女は天職を逃したと思う」

ブライアンはうなずいた。「ああ、前からブライダルコンサルタント業を始めたらいいと勧めてる」

「実を言うと、僕は軍事訓練指導官を思い描いていた。あるいは、ハイスクール時代の修道女とか」

「エラが修道女？　ありえない」ブライアンは声をあげて笑った。「僕たちは、彼女のことを〝メラニーの戦闘チワワ〟と呼んでいるんだ。小さいが、怒ると怖い。軍事訓練指導官のほうは一理あるかもしれない」ブライアンはグルームズマンたちのほうに、頭を傾けた。「確かに、あの癖のある連中を、命令に従わせているからな」

マットはあたりを見まわし、エラのほうを見た。彼女は再びメラニーの傍らに戻っていた。携帯電話やクリップボードは背中の後ろに隠し持っている。どんな危機が迫っていたにせよ、回避、あるいは解消したのだろう。エラは終始笑顔で、メラニーや彼女の家族と話をしていた。目のまわりには依然として張りつめた色が浮かんでいたが、もはやそれほど手ごわそうには見えない。実際、彼女は……。

いや、エラは修道女のタイプではない。あの体を、修道衣に隠すなんて犯罪同然だ。マットが見ていると、エラは再び携帯電話で話し始めた。穏やかだった彼女の表情が、相手の愚か者をとがめるうちに激高していく。これは興味深い結婚式になりそうだ。

メラニーの結婚式当日は、夜明けとともに晴れあがった。その日エラは、メラニーと一緒に地元のスパに行き、結婚式で起こるさまざまな緊急事態に携帯電話で対処しながらマッサージを受けてマニキュアを施し、髪をセットした。エラは予約時に、メラニーの施術室を自分の向かいの部屋にしてほしいと頼んだ。電話が入っても、メラニーが気をもまずに済むと思ったのだ。ただし、エラは手いっぱいだった。ペディキュアの最中にケータリング業者の問題を片づけ、マッサージの最中に花屋のミスに対応した。髪のセット中には、ブライアンの母親から二度電話がかかり、エラもヘアスタイリストもいらいらした。ほんの少し前にマッサージを施した筋肉が緊張で固くなり、頭痛で目の奥がじんとした。店に入ったときより施術を受けたあとのほうが緊張しているのは、エラだけかもしれなかった。

だが披露宴が始まり、メインテーブルに座って、メラニーとブライアンのファーストダンスを眺めているうちに、エラは苦労が報われたことに気づいた。結婚式はすべて新郎新婦の希望どおりに進んでいた。ブライアンに体を預けほほ笑むメラニーは、幸せで光り輝いている。はっとするほど美しいカップルだった。二人とも長身で金髪で、非の打ちどころがない。そして、愛し合っているのは明らかだった。

エラはこのうえなくうれしかった。それとも、このうえなく疲れていたのかもしれない。ほほ笑みつづけていたので、顔の筋肉が痛かった。花嫁花婿とともに主賓として並び、百人もの客と握手しているうちに、手にはうっすらと痣《あざ》ができ、しびれてきた。エラはひどい疲労感を覚えた。この日のために何週間もかけて準備、計画し、そのあいだ、メラニーに穏やかで幸せな気分でいてもらおうとした。そう、疲労感のなかには、ほんの少し嫉妬も混じっている。だが、あれほど幸せそうなメラニーを見たら、誰でもうらやましくなる。

こういうときは、エラもハッピーエンドのおとぎばなしを信じたくなる。もっとも、実際にそれをまっとうできるカップルは、ほんのわずかだ。エラの両親は、自由恋愛や土地に縛られない生活を好んだ。

メラニーの好意的な解釈によれば、二人は、人や物に縛られるのを嫌う自由すぎる精神を持つ人たちだった。祖父母でさえ、平穏な結婚生活はまっとうできなかった。二人とも孫娘のエラを愛してはいたが、互いへの愛情はとうの昔に消え失《う》せていた。

だが、メラニーは永遠の愛を信じているし、ブライアンも、彼女への愛を貫くことができなければ死刑宣告を受けると思っている。エラが脅しをかける必要はなかった。ブライアンの世界がメラニー中心に動いていることは誰の目にも歴然としていた。

幸運なメラニー。ブライアンのような男性は、そういるものではない。エラの親族は、真実の愛の存在を証明できずに終わった者たちばかりだ。あなたのせいじゃないでしょう、とメラニーにはしつこいほど言われたが、〝ただひとりの相手〟や〝心の友《ソウルメイト》〟には縁のない人間もいる。

私もそのひとりだ。たぶん遺伝子のせいだろう。

それとも、疲労が極限に達したせいかしら。もしかしたら、五杯目のシャンパンのせいかも。いずれにせよ、エラは少し涙もろくなっていた。披露宴の最中に意味もなく内省しているのはそのせいだ。

感動し、シャンパンを飲み、めそめそしている。そこで、エラは無理やり現在の成功に意識を向けようとした。ほかのことをくよくよ心配するのは明日でいい。メラニーとブライアンが挨拶を済ませたら、すぐ家に戻りベッドに潜りこむのだから。

眠るのよ。睡眠を取りさえすれば、すべてを冷静に偏りのない目で眺められる。

ダンスフロアで踊る花嫁と花婿に加わってほかのカップルも踊り始めたとき、エラの肩に誰かの手が触れた。エラが振り向くと、椅子の後ろにマット・ジェイコブズが立っていた。彼は手を差し出した。

「踊らないか？」

マットの質問の意味を理解するまで一秒かかった。

エラが黙っていると、マットの片眉が問いかけるように上がった。エラは動揺をこらえた。「喜んで」

マットは片手をエラの背に添え、彼女をダンスフロアに誘った。体じゅうの神経がたちまち警戒した。昨夜は忙しすぎて、マットに注目する暇はなかった。だが、これほどマットと体を密着させていれば、いやでも彼の存在に気づかされる。

メラニーはいつもマットを〝かわいい人〟と形容した。だが、エラに言わせれば、マットは〝とてつもなく魅力的な人〟だ。特に、タキシードを着ている今はそう思う。それに、マットは大柄だった。仕立てのよいタキシードは、彼の広い胸や肩幅、締まったウエストを強調している。今日一日マットの隣に立っていただけで、エラはいつもより背が小さくなった気がした。ハイヒールを履いていても、かろうじて彼の肩に届くかどうかなのだ。

もっとも、マットのように大柄な男性にも、ひとつだけ利点がある。彼はなんの苦労もなく、人波を縫ってダンスホールを進んでいた。エラは生まれて初めて、ブラックベリーの木々のあいだを必死で抜けていく気分を味わわずに済んだ。

踊りながら抱き寄せられたエラは、頭を後ろに反らしマットの目をのぞきこんだ。チョコレート色だ。チョコレート色の瞳を持つ男性について、本で読んだことはある。だが、実際に会うのは初めてだった。その瞳を、女性なら誰もが欲しがるふさふさして長いまつげが縁取っている。マットの目にはエラをとろけさせる力があった。メラニーの〝かわいい〟という形容は情けないほど控えめな気がした。

ここはいつからこんなに暑くなったのかしら？

音楽が流れているあいだ、二人はたわいのない話をしていた。マットはエラの声を聞き取ろうとして、彼女が何か言うと、体を半分に折って顔を寄せた。マットが顔を近づけるたび、エラの脈は速くなった。

これほど長身の男性にしては、マットの動きは優美で軽やかだった。エラが本当に踊れる男性とダンスしたのは数えるほどだ。だが、ここにいる男性は、踊れるだけでなく女性のリードを心得ていた。

「あなたには驚かされっぱなしだわ、マット」

「いい意味でだといいけど」

「あら、もちろん、いい意味よ」今日は一日じゅう、マットの機転に助けられた。まず彼は、巨大な体のミセス・クライストンが、古い教会堂の窮屈な信者席に座らずに済むよう、そこから外れた席に案内してくれた。メラニーの大叔母エレインの長くてくどい話にも、礼儀正しく耳を傾けていた。マットはまた、リムジンに関するちょっとした問題も、エラが駆けつける前に解決してくれた。

彼は間違いなくベストマンの役目を果たしていた。実際、それ以上の働きをしていたかもしれない。式が大成功に終わったのも、彼の機転によるところが大きい。それにエラは、マットに謝らなければならなかった。昨夜のマットへの横柄な応対を思い出すと、きまりが悪かった。

エラは、明るい声で続けようとした。「昨夜は……いいえ、今日もひどい態度だったわ。ごめんなさい。ここ数日、ストレスがたまってたの。それで、みんなにちょっと口うるさくなって」

マットは眉をつりあげ、からかった。「あれをそう言うのか、口うるさいって？」

「上流社会ではそういうふうに言うわ」マットが根に持つ気がないとわかるとエラは感謝し、ほっとして会話を続けた。「私の耳が届かないところで、グルームズマンがなんて言ってたかは知っている」

「聞いたのか？」

「よしてよ。侮辱されるほどの〝仕切りたがり屋〟だとは思ってないわ。だから、彼らにそう伝えて」

「〝激しやすい気性〟だとも言われてたけど、そのあたりはどうなんだ?」

「あの人たちが大人として振るまってくれれば、私の気性を心配する必要はなかったのにね」

マットが声をあげて笑うと、その深みのある声が、濃いコーヒーのようにエラの血管を走り抜けた。温かみのある心地よい声に、彼女の血圧は急上昇した。

「君は間違いなく、あいつらに恐れられてた」

「でも、そういうふうになった原因の大半はあの人たちにあるのよ。特にあのジェイソンにね」エラは口をゆがめ言葉を切った。「ジェイソンと仲がいいのは知っているわ。でも、断言するけれど、彼はまるで役に立たない」エラは今夜ずっと、ジェイソンが入り浸っているバーのほうを見た。目下、彼はブライズメイドのひとりと話をしている。

マットは彼女の視線をたどり、肩をすくめた。

「その点は認めるよ。彼はいいやつだが、役立たずだ。でも、基本的に無害だよ」

「あなたがそう言うならそのとおりかも。実を言うと、〝ブライアンのお友達〟だというから、もっと成熟した人たちを期待していたの。もちろん、ここにいる誰かさんは別でしょうけど」遠まわしなお世辞にマットがうなずくと、エラは笑みを浮かべて続けた。「だけど、昨日はぶっきらぼうな態度をとってごめんなさい。とばっちりを食わせてしまって」

「謝罪は受け入れたよ。だけど、謝ってもらう必要はなかったのに。ブライアンは君が優秀だと、手放しで褒めていたよ」マットは言葉を切ったあと、問いかけるようにエラを見た。「なぜだ?」

エラは警戒を解いた。「なぜって、何が?」

「どうして、この結婚式の仕切り役を? メラニーならプロのコンサルタントを雇えるのに、すべて君に任せたのが不思議な気がしたんだ」

「親友の務めでしょう」疑わしげな目で見つめられ、エラは適切な言葉を探した。「メルには幸せになってほしい。メルはこの結婚式を完璧にしたがったから、私はなんとしても彼女の望みをかなえるつもりだった。今、メルは楽しい時間を過ごしている。だから、私も幸せよ」

「君は？　君は楽しんでいる？」マットの指が、ホルターネックのドレスのあらわになった背中の部分を、軽くかすめた。そのとたん、エラは会話に集中できなくなった。全身の肌が敏感になり、彼と響き合っているようだ。ああ、おまけにマットはいい香りがする。それも、アフターシェーブローションを浴びるほどつけたような香りではなく、清潔でぴっとした男性的な香りだ。エラが息を吸うたびにその香りは彼女の体にしみこみ、鼓動が速くなった。

エラは喉をごくりとさせて気持ちを集中し、自分の体を駆け抜けていくこの場にふさわしくない思いを断ち切り、それまでの会話に意識を戻そうとした。

「もちろんよ。本当にすばらしい結婚式になったんですもの。もっとも、ここだけの話、メルとブライアンが退席したら、一目散に家に戻るつもり。最近は寝不足が続いていたから」

「わかるよ。僕も昨夜は遅くまで騒いでいたからね。ほら、ストリッパーとか娼婦《しょうふ》とかいろいろいるところで」マットはエラにウインクした。

「そんなことどうでもいいし、実際、知りたくもないわ」エラは声をあげて笑った。

音楽が止まり、バンドリーダーが、〝これから、花嫁がガーターベルトとブーケを投げます〟と告げた。マットの誘導でダンスフロアを下りたとき、エラは思い出した。

「ブライアンから聞いたんだけど、この町にいるあいだ、ブライアンのアパートメントを使うんですってね」マットがうなずくと、エラは続けた。「実は、預かっている結婚祝いの品を、ブライアンのアパートメントに届けなければならないの。明日の午後は空いている？　そちらのアパートメントの鍵は預かっているけど、突然押しかけたくないから、電話してから行くわ」

「明日はほとんど一日じゅう母のところで過ごすから、いつでもどうぞ」

うなずいたエラはマットの次の言葉に呆然《ぼうぜん》とした。

「明日の夜、僕と一緒にディナーに行かないか？　そのあと君の家に寄って品物を預かれば、君の手間が省ける」

「ディナー？」私の聞き間違いじゃないかしら？

「ディナーだ」

エラはまだ戸惑っていたし、明らかにそう見えた。

「ほら、一日の終わりに食べる食事だ」マットはなだめるように言った。「君のおかげですばらしい結婚式になった。お祝いにご馳走《ちそう》させてくれ」

なぜこんな展開に？　エラはいぶかった。「そうね、いいわ」しぶしぶ承知したように聞こえると気づき、急いで笑みを浮かべる。「すてき」

「よし。では、七時でいいかな？」

エラはうなずいた。気のきいた言葉は依然として浮かばなかった。

「〈サルバドール〉は？　もう何年も行ってない」

〈サルバドール〉はサウス・ポンド付近にある気取ったレストランで、流行に敏感な若者が行きつけにしている店だ。流行に疎いと自他ともに認めるエラは、その店にはほとんど行ったことがない。だが料理は最高だし、マットはあそこにうまくとけこむだろう。やがてエラは、もう一度うなずいた。最高ね。マットは、私のことを頭の空っぽな女だと思うわ。

「七時に迎えに行くよ」

「いいわ」

にっこりして軽く手を振ったあと、マットは人の群れのなかに消えていった。彼なしで道が開けるはずもなく、エラはメラニーのそばに行くのに孤軍奮闘しなければならなかった。頭がくらくらする。マット・ジェイコブズが私をディナーに？　なぜ？　シカゴに誰も知り合いがいないのなら話はわかる。でも彼はここで生まれ育った。一緒に出かけてくれる女性は大勢いるだろう。なのに、どうして私を？

戸惑いを覚えたが、虚栄心には勝てなかった。〈サルバドール〉にマットのような目の保養になる男性と出かける機会など、そう訪れるものではない。来週にはシカゴを発《た》つのだから、二度と起こりそうにない。

いったい何を着ていくつもり？

エラは自分の浅はかさにあきれて首を横に振り、人の群れを抜けながら必死で歩きつづけた。

メラニーはエラを捜していたらしく、彼女がそばに行くなりきつく抱きしめた。「何もかも本当にありがとう」その目は涙で潤んでいた。

「泣き出さないでよ」そう言いつつ、エラの目頭も涙で熱くなった。

「マスカラが流れるから」

「マスカラが何よ。今日は何もかもが完璧だったわ。それに私……」ついに涙声になってメラニーは言葉を切り、深呼吸をした。「私が新婚旅行から戻ったとき、あなたがここにいないのが耐えられないの。たったひとりで南部に行くあなたが、心配でたまらない」メラニーは涙を流しながらも、なんとか笑い声をあげた。「もう、自分のことも心配なの——だって、誰と話をしたらいいの？」

「電話というすばらしい文明の利器があるじゃないの」我知らずはなをすすりあげたエラは、なんとか気をしっかり持とうとした。「感謝祭にはまた戻ってくる。それに、クリスマスにも。ほかの祭日にもね」今にも大声で泣き叫びそうなのは自分でもわかっていた。「その話はもうしつこくしたでしょう」

「わかっているわ。ただあなたがいなくなったら、寂しくて」震えながら深く息を吸いこむ。「大好きよ、エル」メラニーはエラを愛称で呼んだ。

「私もあなたが大好き。さあ、行って。みんな、あなたがブーケを投げるのを待っているわ」

「ブーケはあなたが受け取ってね。今度はあなたが幸せになる番よ。今回のことでは、ずいぶん時間を使わせてしまった。ブーケを取ると約束して」

「頑張るわ」エラは嘘《うそ》をついた。

メラニーは大広間の外に出る階段に立ち、大勢の客に背を向けた。そのとたん、エラはブーケを受け取ろうともみ合う独身女性たちの集団から離れ、邪魔にならない場所に逃れようとした。

「一、二、三！」客たちの唱和を合図に、メラニーは肩越しにブーケを投げた。だが、彼女は高く投げすぎてしまった。ブーケは天井の扇風機の羽根に当たってコースがそれ、熱狂して待ち受ける女性陣とは別の方向に飛んでいった。

エラはまっすぐ自分のほうに飛んでくるブーケに気づいた。そして、顔に当たる寸前に反射的にブーケを受け止めた。客たちはいっせいに祝福した。メラニーも拍手し、突然の出来事に呆然とするエラを残し、待たせていたリムジンにすばやく乗りこんだ。

まったく、とエラは思った。早く帰る計画なんて、こんなものなのよ。その後一時間ほど、エラは大勢に冷やかされた。〝おめでとう、ブーケを獲得したから、すてきな相手が見つかるわよ〟と。さらに悪いことに、役立たずのジェイソンがガーターベルトを獲得し、彼と一緒にポーズをとる羽目になった。数回、エラはマットに見られているのに気づいた。彼は口元におもしろがるような笑みを浮かべていた。

家に戻るころにはエラはくたびれ果て、ブライズメイドのドレスを床の上に脱ぎ捨てるなり、そのまま、ベッドに倒れこむほかなかった。明日の夜、何を着ていくか、まだ決めていないわ。疲労に負ける前、最後にエラの頭を、そんな思いがかすめた。

2

午後七時ちょうどに玄関のベルが鳴ったとき、エラはまだ支度ができていなかった。一日じゅう寝て過ごしていたので、アパートメントはめちゃくちゃに散らかっていた。ディナーに出かけるために着替えるという単純な行為がこっけいに見えるほどだ。

マットを玄関先で待たせるか、着替えが終わらない状態で応対に出るか。二者択一を迫られ、エラは仕方なくローブの腰紐《こしひも》をしっかり結び、階段を下りて応対に出た。

「あら、マット」

エラを頭のてっぺんから爪先まで観察し、彼女が裸同然とわかると、マットは黙りこんだ。マットに、ローブの裾から伸びる脚をじっと見つめられた気がしたのは、私の空想だろうか？　ローブの丈は、腿の途中で終わっている。マットは咳払《せきばら》いをして、不思議そうにエラを見た。「ええと、早く来すぎたのかな？」

「いいえ」エラは突然、自分が裸に近い格好をしていることを強く意識した。「ちょっと予定が遅れて。数分待って。支度をするわ。上がって待つ？」

ほかにマットには待つ場所がないのに、奇妙な質問だった。アパートメントの入り口は道路脇だが、エラの住居は褐色砂岩の建物の二階にある。階段に座っていてもらうのがいやなら、マットを部屋に招くほかかない。

マットがうなずくのを見て、先に立って階段を上り始めたとき、エラは遅ればせながら、ローブが短すぎてヒップのあたりまで彼に丸見えになることに気づいた。頰がみるみる赤くなるのがわかる。たぶん両頬は真っ赤だ。エラは心のなかでうめいた。今夜はスタートから散々だ。

「ワインか何かどう?」マットが断ったので、エラはこう続けた。「散らかっていてごめんなさい。結婚式と引っ越し準備で、すべてがごちゃごちゃなの。自由にくつろいでちょうだい。すぐに支度するわ」エラはきまり悪そうな笑みを浮かべ、居間の奥の部屋に消えた。ドアはわずかに開いている。

マットはなんとか気を静めようとした。エラが戸口に現れたとき、彼は不意をつかれた。そして、ローブ姿のエラを見た衝撃からまだ完全には立ち直っていない。薄手のローブはエラの胸のふくらみをぴったり覆い、体のあらゆる曲線を際立たせていた。きっちり結んだ腰紐が、彼女のウエストの細さやヒップの丸みを強調している。マットは食い入るようにローブの裾まで視線を滑らせた。その下には見たこともないほど見事な脚が続いていた。引き締まった腿、ほどよく筋肉がついたふくらはぎ、奇妙なほどほっそりとした足首。たぶん、僕は脚フェチなんだ、とあのときマットは思ったが、エラが階段を先に立って歩き出すや、すぐにその考えを変え、ショーツしかつけていない格好のよいヒップを存分に楽しんだ。エラが寝室に姿を消してくれて幸いだった。ばかなまねをしでかす前に、平静を取り戻すチャンスができた。

マットは、エラのアパートメントに何をしに来たのかさえ、まだ完全には確信がなかった。エラをディナーに誘うことを思いついた数秒後、実際に彼女を誘っていた。あのときはごく自然な成り行きに思えた。美しい女性とダンスをしたり、いちゃついたりしているときは、ディナーに誘うのも自然に思えるものだ。誘ったあと、エラが〝いいわ〟と答えたのがマットには意外だった。だが、エラに好奇心をそそられていることは、認めなければならない。彼女は軍事訓練指導官から顔を赤らめる花嫁付き添い《ブライズメイド》に変身した。そのうえ、今度は半裸で誘惑してくるとは。まったくもってエラは謎の多い女性だ。

　最高のヒップを持っているのは確かだが。

　マットは、ひとつ深呼吸して部屋を見まわし、隣室にいる半裸のエラから気持ちを引きはがそうとした。部屋の四隅には空箱が山積みになっている。荷物が詰まった箱には、エラの〝E〟か、メラニーの〝M〟が記入され、遠くの壁沿いにきちんと積みあげられている。部屋が散らかっているとエラは言ったが、その言葉は本当だった。

「二人とも引っ越すの？」マットは隣室に叫んだ。

「ええ、ばかげてるわよね？　結婚式やなんかで、荷造りが遅れちゃって。じりじりしたけど、もう結婚式は済んだから、荷造りくらい終わらせられるはず」エラは声をあげて笑った。「終わらせなくちゃ。だって、引っ越しトラックは金曜に来るのよ」

「どこに引っ越すんだ？」寝室ではエラが動きまわる物音がした。ほとんど抑えた音だが、ときおり何かを落とすかつまずくかするたびに、彼女のくぐもった悪態が響いた。

「懐かしい我が家があるアラバマ。具体的には、生まれ育ったフォート・モーガンに帰るの。ニューオーリンズから三時間ほど南に行ったメキシコ湾沿いの町よ」

「つまり、君は南部の生まれなんだな。それで、母音を引き伸ばすゆっくりしたしゃべり方なんだ」

「わかってます。あそこを離れて十年たっても、口を開いたとたん、この近辺の出身でないことはみんなに気づかれてしまうの。みんなの不意をついたり、その後の反応を見たりするのはおもしろいわ」

　隣室で何かがぶつかる音が聞こえ、続いてぶつぶつ言う声が響いた。「ゆっくりでいい。急がなくていいよ。なぜアラバマに戻ることに？」

「ペンサコラで働くことにしたからよ。実を言うと、会社があるのは州境をちょっと越えたところで、通勤が楽なの。実家の浜辺の家から通えるのよ」

体が激しく高ぶっているせいで、マットはじっと座っていられなかった。そこで、部屋を歩きまわり、壁にかけられた額入りの油絵や複製画を眺めて、気をそらそうとした。エラとメラニー。どちらの好みなのかわからないが、絵の趣味はよかった。正統的すぎて月並みに感じる作品はひとつもなかったし、流行遅れに感じるような作品もひとつもない。どの作品もとがったところがあり、おもしろい。趣味がよく、人目を引くコレクションだ。

壁に立てかけられているのは、メラニーとエラの大学の学位授与証明書が入った額だ。ガラスについたほこりから推測すると、壁から外されたのはかなり前らしい。興味をそそられ、マットはエラの学位授与証明書が入った額を手に取った。

ノースウェスタン大学の理学士号とシカゴ大学の修士号の証明書だった。二枚とも専攻はコンピューター・サイエンスで、エラ・オーガスチン・マッケンジーに授与されていた。オーガスチン？　ひどい名前をつけられたものだ。

コンピューター・サイエンス。それも、ちょっと奇妙な感じがした。エラはコンピューターの専門家には見えなかったからだ。マットは部屋を見まわし、その印象を覆すものを捜した。隅のテーブルにノートパソコンが置かれていたが、特別高級とか複雑な仕様ではない、ごく普通の製品のようだ。大学でコンピューター・サイエンスを専門に学んだ人間は、確かにハンバーガーショップでは働かない。ただエラは、マットが頭のなかで思い浮かべるコンピューターの専門家とどうしても合致しなかった。

軍事訓練指導官、ウエディングプランナー、そして今度はコンピューターの専門家。エラには、まったく驚かされてばかりだ。

再び隣の部屋から何かが落ちる大きな音が響き、くすくす笑う声が聞こえた。続いて、くぐもった悪態の声が響く。マットは本棚に近づいた。ここには、メラニーとエラの写真が、額に入れていくつも飾ってある。ブライアンとメラニーがどこかの海辺にいる写真も、婚約を記念してフォーマルな服装で撮った写真と一緒に飾られている。メラニーとエラの大学時代の写真は、何枚もあった。メラニーと彼女の兄弟、両親の写真もある。エラはそのなかの、クリスマスと誕生日のいちばんさりげないスナップ写真に写っていた。やがてマットは十代のころのエラの写真を見つけた。歯列矯正器をはめ、彼女と面影が似た年配の男女とともにポーズをとっている。

「それは私の祖父母よ」

背後から話しかけられ、マットはびっくりして飛びあがった。向き直ったあと、彼は言葉を失った。口がからからになり、目の前のエラを見て喉を激しくごくりとさせた。ローブは消え失《う》せ、エラは体の線を際立たせる細身のダークブルーのドレスをまとっていた。肩も首もむきだしだが、手に光沢のあるショールを持っている。ミニ丈のドレスとハイヒールは、先ほど彼が見たすばらしい脚をもっぱら引き立たせていた。あれほど頑張って消し去ったエロティックな想像がマットの脳裏にどっとよみがえった。

そんなマットの反応にはまったく気づかぬ様子でエラは身をかがめ、彼が握り締めている写真をのぞきこんだ。エラが近寄ったとき、マットの鼻孔は彼女の香水の香りをとらえた。軽い香りだが、かすかに麝香《じゃこう》の香りが混じっている。すると、ついさっき抑えこんだ興奮が再びわきあがった。

「私が十六歳のときの写真よ。このくしゃくしゃの髪を別にすれば、お気に入りの一枚なの」

頭のほうに血流を戻すよう努めつつ、マットは必死で気のきいた言葉を絞り出そうとした。「おじいさんやおばあさんは、まだアラバマに住んでいるの?」結局、言えたのはこれだけだった。

「いいえ」エラは首を横に振った。「祖母は私が高校生のときに、祖父も五年前に亡くなったの」エラは写真の人々に、愛情をこめてほほ笑んだ。

「それで、ご両親は? ご両親はまだそこに?」

「両親は私が幼いときに亡くなったわ。私は祖父母に育てられたの」エラの口調に悲しみの色はなかった。あるのはただ、ずっと前に寂しさと折り合いをつけた者特有のあきらめの色だけだ。

遅ればせながら、マットはメラニーから以前にエラの家庭の事情を聞いたことを思い出した。それ以上気のきいた言葉が見つからなかったので、マットは結局、〝すまない〟とだけ言った。

エラはうなずき、写真を元の棚に戻した。「もう出られる?」

「ああ」マットは咳払いをした。「ところで、君は、最高にきれいだ」うれしいことに、気のきいた会話をする能力が復活した。「待った甲斐《かい》があったよ」

〈サルバドール〉は、いまだに一見の価値があるレストランだったが、同時に、人の目にさらされる場所だった。エラは一度ならず、ほかの女性たちから羨望のまなざしを向けられた。マットはよほど魅力的らしく、美しい女性たちに凝視された。けれど感心したことに、彼のほうは、女性たちに曖昧な笑みを返すのがせいぜいだった。マットは早くも、単なる格好のよい連れというだけでなく、魅力的で楽しいデート相手だということを証明した。二人が案内された席は眺めがすばらしく、どちらの席も窓を向いていた。食事をするスペースを確保しつつ、椅子は親密な雰囲気が味わえるよう接近していた。

二人はとんでもなく高カロリーな料理を食べなが

ら、結婚式や共通の友人について語り合った。ここしばらくで最高のデートだわ、とエラは思った。それに、実際、デートをするのはずいぶん久しぶりだった。スティーブンと別れてから半年以上たつが、彼との別れ方は、思い出す限り最悪だった。だが当時は、結婚式の準備に全力で取り組んでいたうえに、〈ソフトワークス〉から仕事の依頼が来たところだった。ほかのことを考える時間がほとんどないエラに、男性のことなど考えられるはずもなかった。

あるがままを楽しむのよ。

席に着き、そろそろワインを飲み終えようとするころ、マットがエラに尋ねた。「アラバマで育った君がどうしてシカゴに？　南部出身者は雪が大嫌いだと思っていた」

「大嫌いよ」ワインのグラスを回転させながら、エラは声をあげて笑った。「まずあなたは、アラバマ南部で育った子どもの気持ちを理解しないと。十代のころ、彼らの最大の関心事は〝退屈なアラバマを脱出する〟ということだけ。私も同じだった。だから、ノースウェスタン大学が陸上競技の奨学金を提案してくれたとき、大喜びでシカゴに来たの」

「君の脚がすばらしく美しいのは、そのせいか」

思いがけないマットの言葉に、エラは頬を赤らめた。マットは私の脚をすばらしく美しいと思っている。エラは自意識過剰気味に、組んでいた脚をテーブルの下でほどき、すぐにまた組み直した。再び組み直したときに偶然片脚が彼の脚に触れたが、マットがよけなかったので、エラはワインを飲みながら彼の脚の感触を楽しんだ。

「君は速いの？」

「えっ？」ワインにむせながら慌てて脚をよけようとした拍子に、エラは思いきりテーブルに脚をぶつけてしまった。グラスがかたかたと音をたてる。マットに〝手が早いのか〟ときかれたと思ったのだ。

「君は陸上競技の選手だった。まだ足は速いの？」

あら、そっちだったの。エラはほっとした。「実は足が速かったことは一度もないわ。クロスカントリーをやっていたのよ。今はちょっと体形が崩れちゃったけど、ときどき趣味で走るの」

「ああ、速さはないけどスタミナがあるってわけだ。それはいいことだ」

彼は私に色目を使ってるの？　だとしたら、その種の誘いは、今夜を意外な展開に導くだろう。最近エラは、色恋とは縁がなかった。

「メラニーとはノースウェスタン大学で知り合ったのか？」

話題の転換に少し動揺したが、エラにはありがたかった。「メラニーは一年のときの寮のルームメートよ。学部の学生時代はずっとそこで過ごし、そのあと、二人でアパートメントを借りたの」

「君たち二人は珍しいペアだよね。陰と陽だから、惹《ひ》かれ合うんだな」

マットの指摘に、エラは声をあげて笑った。「そういう意見を聞くのは初めてよ。でも、そうね。私たちはいいチームなの。もっとも、最初は苦労もあったわ。メラニーは、夜通し男の子とビールの研究にあけくれてたし、私は私で、朝早くからトラックに出て走らなければならなかった。不幸にして……というか、私たちの場合は〝幸運にして〟なんだけど、大学の学生寮は、学期の途中のルームメートの変更を、数週間過ぎてからでなければ許可しなかったの。数週間過ぎるころにはうまくいくようになっていた。一緒に何年も過ごすうちに、お互いちょっと丸くなったかもね。いわば、足りないところが補われて。メラニーがそばにいないことに慣れるまでは相当つらいと思うわ」

「なぜ今引っ越しを？」マットは椅子の背に身をもたせかけ、何気なく片腕をエラの背中にまわした。

マットが体を寄せたとたん、エラは最高に警戒し、うなじの産毛が逆立つのを感じた。

ただ会話に意識を集中すればいいのよ。「九回シカゴの冬を経験すればもう充分よ。ともかく、アラバマから抜け出すことだけを考えていた数年間がなければ、ホームシックになってるのに気づくのに、こんなにかからなかったわ。メラニーが結婚してアパートメントを出ていくと決まったころに、仕事の誘いが来て、運命だと思ったの。メラニーがハネムーンに行っているあいだに引っ越しをすれば、湿っぽい別れ方をしないで済むし」

マットに最後に残ったワインを勧められ、エラはグラスを差し出した。おいしい食事に、よい眺めに、楽しい話し相手。エラは慌ててディナーを済ませるつもりはなかった。マットのほうも急ぐ様子はない。そこで、エラは椅子の背に身をもたせかけ、肩にまわされたマットの腕の重みを楽しんだ。

「それで、コンピューター・サイエンスの学位は？エラ・オーガスチン・マッケンジー？」

自分のミドルネームを呼ばれた衝撃で、ワインを飲んでいたエラはむせそうになった。そのときエラは、ソファの下の物入れから先週学位授与証明書を出したことを思い出した。でも、あのあと証書は壁に立てかけておいた。さっきマットはそれを見たのだ。「ねえ、オーガスチンは姓なのよ」

マットはふふんと笑った。

「あなたのミドルネームはなんて言うの？」

「マシューだ」

「あら」ウィットに富んだ返答もその程度なのね。

「ファーストネームは？」

「ウィリアムだよ」マットは、おつに澄ました笑みを口元に浮かべた。

「ついてるわね。ねえ、ウィリアム・マシュー・ジエイコブズ。私は二週間前までソフトウェアの設計をしていた。そして二週間後には、〈ソフトワークス〉社のソフトウェア設計チーム長になるのよ」

マットは感心して口笛を吹いた。「その会社の噂《うわさ》は聞いているよ。おめでとう」

誇らしさでエラの胸は弾んだ。結婚式の準備に没頭しすぎて、昇進の喜びをじっくり味わう間もなかったのだ。「あなたの番よ。なぜアトランタに?」

マットはワインを飲み、ウエイターに勘定を頼んだ。「ずばり仕事のためだよ。僕も大学に行くためにこの州を出た。実はオハイオ州に行ったんだ。でも、理由は君とは違う。僕には五人も兄弟がいるんだ。メラニーから聞かなかったかい?」

「実を言うと、ジェイコブズの六人兄弟についてはいろいろ噂を聞いているし、そのうち数人には会ったわ」

「ほら、これでわかっただろう。僕は〝ジェイコブズ兄弟の末っ子〟と言われるのにうんざりしていた。五人の兄貴は全員、この近くの大学に行った。だから僕は兄貴たちとは違うことを示すために、ここを出ていく必要があった。結局、ペンシルベニア大学の法科大学院《ロースクール》を出たあと、地元の法律事務所に入ったんだ。二年後にその事務所はアトランタに新事務所を開設し、僕はそこに派遣された」

取るに足りない仕事だよ、とばかりにマットは肩をすくめた。弁護士業はマクドナルドで安い時給で働くのと大差ないとばかりに。もっとも、マットのようすを見て、エラはそれとはまったく逆な印象を持った。

「専門は何?」

「主として催し物や興行関連だ。町の主な開催地で、契約書作成の面倒を見ている。地元のセレブの雇われ弁護士もしているが」

「誰か興味深い人はいる?」

「たとえそれについて話したくても、君には打ち明けられないね」マットはからかった。

「アトランタは気に入ってる？　もう何年も行ってないわ」

「大好きだよ」マットはエラの肩に片手をのせた。

色恋と縁のない生活が続いているエラでも、マットの親指がそっと肌をかすめたとき、彼が誘いをかけているのは気づいた。全身の血が肌に集まってくるような興奮を覚え、エラは震えた。会話に集中するのは、一段と難しくなった。「シカゴ同様刺激的な町だし、雪も降らない」

エラはやっとなんの話をしていたのか思い出した。

「実際、この数年、ちょっと家族と疎遠になっている。それに、冬はここに来るのを避けることにしてるんだ」

エラは深呼吸をして気持ちを落ち着かせた。「では、クリスマスに帰省するのは難しいわね」

「僕が帰らなくても、誰も気づかないと思うよ」

「そんな話、全然信じないわ」

「真面目な話、僕の家はありふれたカトリックの一家なんだ。ブライアンの家族をどうしようもないと思っているだろう？　僕の家族はその上を行っている」

「ブライアンの家族はすてきだと思うわよ。全員集まると、確かにちょっと騒々しいけれど……」

「騒々しいという点ではブライアンの家族なんてかわいいものだ。僕の両親にはきょうだいが九人いるんだ。だから僕には……ええと二十二、いや、二十三人のいとこがいる。僕の兄たちは全員結婚していて、それぞれ二人か三人子どもがいる。祭日になると、少なくとも五十人が両親の家に集まる。騒々しいのは当たり前だ」

エラは、大家族が集まるところを想像するのが得意ではなかった。騒々しかろうとそうでなかろうと。

よくもまあ、そんなに無感動でいられるものね？

「誰が来たか、メモを取っているんでしょうね」

「そうだよ、兄たちと僕はとてもよく似ているんだ。氏名点呼まではしないけどさ……」マットはため息をついた。「きょうだいは?」

「いないわ。祖父母だけよ」

「自分が幸運だってことは覚えておけよ。うちなんて、全員が家にいた日には、動物園も同然だ。頭がおかしくなるほどうるさい。ひとりっ子だったらと、何度思ったことか。ときどき、今でもそう思うよ」

マットは虐げられた末っ子の典型だ。エラはグラスに残ったワインを飲み干し、笑いを噛《か》み殺した。

「私は大家族だったら、と何度も思ったわ。確かに、メルの家族に養子にしてもらったようなものだけれど。まったく同じってわけじゃないから。人はみんな、自分が持っていないものを欲しがるのね」

「普通だったら、君の言うとおりだ、と言っただろうな。特に今日のような日のあとではね」

今度ばかりはエラもこらえきれずに声をあげて笑った。「お母様の噂はメルから聞いたわ。あなたの子どもの顔を見るまでは絶対満足しないわね」

「いつもそう釘《くぎ》を刺される。そのうち、その問題をどうやったら解決できるか考えるよ。今のところ、子どもは選択肢に入っていないからね」

マットが支払いを済ませるために席を立ったすきに、エラは彼が今語った言葉について考えた。ひとたび彼の家族に話が及ぶと、それまで二人の会話を支配していた気軽な雰囲気が消えてしまった。マットの家族間に断絶――少なくとも目立った断絶があるという話はメラニーから聞いていない。たぶん、マットは結婚して子どもを持つことについて、神経質になっているのだろう。それなら説明がつく。

肩にまわされていたマットの腕がなくなると、エラは彼のぬくもりが恋しくなった。レストランの空調はほどよい温度に保たれていたが、エラは身震いした。マットがそれに気づいた。

「ジャケットを貸そうか?」答えを待たずに、彼は椅子の背にかけてあったジャケットをエラに向けて広げた。

「お母様の教育が行き届いているのね。それとも、南部のマナーに影響を受けたのかしら」

「君に褒められたことを母に伝えよう」マットはまだエラのためにジャケットを広げたままだった。

「ありがたいけど、大丈夫。寒くないわ」エラがショールを肩にかけたので、マットは身をくねらせてジャケットを着た。

だが、二人がレストランでわかち合った親密さは、そのまま置き忘れられてしまったらしい。アパートメントにエラを送る途中、マットは彼女に色目を使わなかった。

たとえマットの戯れが状況をさらに複雑にしたとしても、エラは自分で認める以上に、彼が誘いをかけなくなったことに落胆していた。

3

さっきまで執拗《しつよう》に色目を使ってきたマットが、急に世間話を始めた。そんな失望感を、エラはアパートメントに戻るまでじりじりしながらこらえた。マットは戸口でエラが鍵を開けるのを待ち、片手でドアを支えて先に入るよう彼女を促した。

「結婚祝いの贈り物が邪魔にならないよう、代わりに運んであげよう」マットはエラのあとについて階段を上がってきた。

「ありがとう。メルの弟たちが今度の土曜に来て、家具や何かをブライアンのアパートメントに運んでくれる予定なの。でも、弟たちは壊れ物を運ぶのは渋っているんですって」エラは箱が積みあげられた方向を指さした。「粘着テープを取ってくるわ。ちゃんと梱包《こんぽう》すれば運びやすくなるもの。ついでに着替えてくるわね。この格好で箱を下に運んだら、くたびれそうだし」マットがうなずいたので、エラもうなずいた。「冷蔵庫にワインとビールが入っているわ。勝手に飲んで」

「ありがとう。君にも何か持ってこようか?」

「では、ワインをお願い。電子レンジのそばの棚にグラスがあるから」

マットがワインの栓を抜きグラスにつぐ音を聞きながら、エラは荷物を引っかきまわし、着替えを捜した。服の山から真っ先に見つかったのは、ヨガ用のパンツとぴったりした着丈の短いTシャツだ。でも、ちょっと露出が多すぎる。一瞬迷ったが、マットのような魅力的な男性の前に、よれよれのジーンズやくたびれたスウェットで現れる気にはなれなかった。合理主義より見栄が勝り、エラは髪をポニーテールにまとめながら居間に戻った。

服装を見て、マットが賞賛するように目を見開いたとき、エラの胸は女性としての自信で沸き立った。マットはジャケットを脱ぎ、シャツの袖をまくりあげている。しばらくここでゆっくりするつもりで、上着を脱いだのならいいけれど。マットと一緒に過ごすのは楽しかった。それに、彼にお世辞を言われるのも悪くない。マットは笑みを浮かべ、エラにグラスを差し出した。

「ありがとう」エラはメルローをひと口飲んで脇に置くと、床にひざまずき、箱の上部にテープを張った。それから、ぐるになっている仲間に向けるような口調できいた。「これから私が言うこと、メルやブライアンには内緒にすると約束してくれる?」

マットはエラの隣にひざまずいた。「もちろん」

「私はこの食器が大嫌いなの」エラは声をあげて笑った。「メルはひと目で気に入り、結婚祝いの希望

「一覧表にこのシリーズの食器全品を書きこんだの。さすがに、こんな悪趣味な食器見たことがないとは言えなかったわ」エラは花柄の皿を一枚取り出し、マットに見せた。確かに、あまりにもカラフルすぎて落ち着かない感じがした。「どう思う？」

「同感だ。ブライアンがリストに入れることに同意したのが信じられないよ」

マットがエラから皿を受け取ったとき、手が触れ合った。再びエラの平静さに危険信号がともる。マットの手が触れたのは偶然？　それとも、意図的？

「悲しいことよね」エラは半ばふざけ、失望したように眉をひそめた。「私の知っている限り、メラニーはほかのものの趣味はすごくいいのに」

マットは悪趣味な皿をエラに返すと、ソファにゆったりもたれ、ネクタイを緩めにかかった。これもまたよい兆候かしら？　もうしばらくここにとどまるということ？

「秘密は守ると約束するよ。ただ、いつかメラニーにディナーパーティに招待されないといいが。食事を残さず食べられるか、自信がないよ」

エラもソファにゆったりと体を預けた。「メルがケータリング業者にパーティの準備を依頼しない限り、それは心配する必要ないわ。メルのことは大好きだけど、彼女、料理の腕は最悪なの。メルが唯一できる料理は、スクランブルエッグにピーナツバターとゼリーのサンドイッチくらい。お皿なんていちばん必要がないものなのに」

「おいおい、気をつけたほうがいい。メルに告げ口するかもしれないぞ」

「そんな脅し無駄よ。今と同じことを、メルに何百回も忠告したんだもの。メルが私と一緒に住んでいた理由のひとつは、私が料理ができるからかも。同居しているあいだ、メルに料理を教えようとしたけど、彼女、キッチンでは絶望的なの」

マットはネクタイを引っ張って外し、自分の背後に置いた。彼が身を乗り出したとき、チョコレート色の瞳にエラはからめ取られた。「で、君は？　君の絶望的なところはどこなんだ？」

突然空気が重くなり、声がうまく出なくなった気がした。エラは咳払《せきばら》いをして、からかうような口調で言った。「レディは自分の短所は決して認めないものよ」

「教えてくれ」

マットが声を落とすと、エラの体温は数度上がった。彼女は唾をのんで喉の塊を取ろうとした。「それは、かなり立ち入った質問だと思わない？」

マットは片手を伸ばし、ポニーテールからこぼれたエラの巻き毛に触れた。そして頬にかかるその髪を、指に巻きつけて言った。「そんなことはないと思う。人間誰しも、絶望的なところを持っているものだ。僕は『ゆかいなブレディー家』の再放送を録画せずにはいられない。ばかげているだろう」

マットがエラに触れたとたん、その場の空気が一転した。ちょっとした戯れは終わった。これは真剣な誘惑だ。エラは、巻き毛を耳の後ろにかきあげるマットの手を無視しようとした。だが、できなかった。あろうことか、マットは彼女の耳たぶを撫《な》でている。背筋に震えが走り、エラは彼のほうにほんの少しだけ身を寄せずにはいられなかった。

「エラ、君は美しくて頭がいい。誰の手も借りずに結婚式の準備ができる」マットはエラの前髪を顔から払ったあと、その手を下に滑らせ彼女の頬を覆った。二人の視線がからみ合う。「まったく、恐れ多い人だよ」

彼の息や体温が感じられるほど、マットはエラに接近していた。彼の声や優しい手の動きに、エラはうっとりした。マットは私を美しいと言った。この信じられないほどすてきな男性に、私は美しいと言われたのだ。エラの口はからからになった。再び唾をのみこんだが、ささやくような声にしかならなかった。「あなたこそ恐れ多い人だわ」

説明するため、エラはマットの広い肩に片手を置いた。それからゆっくり手を滑らせ、固い二の腕をきつく握った。エラはただ彼の筋肉の大きさを強調したつもりだったが、マットははっと息をのみ、エラのうなじを反射的に手で引き寄せた。

「それはうれしいね」小声で言い、マットはエラの唇に唇を重ねた。最初の触れ方は優しかった。ためらいがちといってもいいくらいで、エラの下唇を軽く唇ではさんだだけだった。だが、エラは彼のほうに身を乗り出した。そのちょっとした勇気で充分だったらしい。二度目のキスには、いっさい躊躇《ちゆうちよ》がなかった。マットが唇を重ね、探るように動かすと、エラは両腕で彼の首にしがみついた。唇を開くなり滑りこんできたマットの舌が、エラの体の芯にしびれるような興奮を送りこむ。

それは生まれて初めての感覚だった。抑えがたい欲望にエラは興奮し、めまいを覚えた。理性は頭から吹き飛んでいた。今のエラにわかるのは、実際に触れているものだけだ。両手でしがみついている彼の頭、柔らかくてふさふさした髪。床に寝かせられたとき、押しつけられた彼の体。抱き寄せられたときに、マットの体が熱く高ぶっているのもわかった。なんていい気分なんだろう。

マットは大柄で、全身が固い筋肉で覆われている。触れると、背中や胸の筋肉が固く盛りあがるのが感じられた。マットは筋肉が浮き出た両脚をエラの脚にからめ、彼女の体を腿で抑えこんだ。そして、エラの背中やヒップに休みなく手をはわせ、唇で顎や肩をたどっていく。マットの唇が触れたところは、どこも熱くほてった。マットが唇を離すと、湿った肌が外気に触れてひんやりし、エラは寒さとじれったさで身震いした。やがて、マットが手で優しく胸を包みこんだとき、エラはあえぎ、背中を弓なりに反らした。

そのあえぎ声にマットははっとした。エラに対する自分の反応には、マット自身が驚き、動揺していた。ひと晩かけてエラを味わいつくしたかったのに、舌と舌が触れ合った瞬間、激しい欲望に全身を貫かれるとは思いもしなかった。その後、エラに触れること以外に関心がなくなった。エラの体に隈《くま》なく触れたかった。全身を撫でまわし、その体を知りつくしたかった。だが、悩ましいあえぎ声で、彼の関心はエラの顔に戻った。今度は彼が息をのむ番だった。

エラは目を閉じ、頭を後ろに倒していた。両頬が赤く染まり、口で浅い息をしている。今ようやくマットは、渇望がどういうものかを理解した。そして、同様の感情が体を突き抜けるのを感じ、ショックを受けた。胸を包んだ手のひらに慎重に力をこめると、エラは歯で下唇を噛《か》んだ。

薄いTシャツの下に、エラはブラジャーをつけていなかった。そして今、硬くとがった胸の先端が、布地を押しあげている。エラの柔らかな曲線を愛撫《あいぶ》しながらマットは身をかがめ、生地の上から先端を口に含み、吸った。エラは再び身を反らした。雷に打たれたような反応は、前より激しかった。エラはマットの髪に指をからめ、胸の頂に舌を滑らせるマットを促した。マットは腿でエラの両脚を割ると、もう一方の胸を手のひらで優しく包んだ。

エラは身をよじりながらマットの頭をしゃにむに引き寄せ、激しく唇を合わせた。舌をからませ、執拗にマットのシャツを引っ張る。そして、ウエストからシャツを引き出すや、素肌を探索し始めた。

マットはエラの脚のあいだからゆっくり腿を抜いた。身をよじるエラをじかに感じるのは、刺激的すぎたからだ。エラの喉から弱々しい泣き声がもれる。

その刹那、それまで腿が置かれていた場所に、今度はマットの手が滑りこんだ。薄いヨガパンツ越しに、マットはエラの熱い興奮を感じた。彼が手のひらの付け根を興奮の源に押し当てるや、エラの喉から歓喜のあえぎがもれた。

そのとき突然電話が鳴り、二人はぎくりとした。

エラはぱっと目を開けた。現実に引き戻され、エラの目からもやが晴れていく。それを見ていたマットは、悪態をついてエラの額に自分の額を押し当てた。自身の恍惚《こうこつ》状態もおさまり、マットはひたとエラを見つめた。エラは身を固くしたまま、身じろぎもしない。急にマットは自分がまずい場所に手を置いている気がしてきた。大きく見開かれたエラの瞳には、強い感情があふれている。だが、それがどういうものなのか、彼にはよくわからなかった。いずれにせよ、情熱でないことは確かだ。

再び電話がうるさく鳴り響き、マットはため息をもらした。「放っておけよ」留守番電話に切り替わる音がしたあと、メラニーの声が響いた。

「エル？　私よ。いるなら出て」マットでさえ、泣き声なのがわかった。何か悪いことが起きたのだ。

メラニーの涙声を聞き、エラは行動を起こした。彼女はマットの下からはい出て、受話器を取った。

「メル、私よ。何かあったの？　大丈夫？」

エラは背を向けていたが、彼女の肩からほっと力が抜けたのを見て、大問題は発生していないとわかった。なぜメラニーがハネムーン中に泣き声で電話をしてきたのかは知らないが。マットは身を起こし、片手で髪を梳《す》いた。エラが手をからめていたときの、髪が逆立つような感じが消えなかった。マットは震えながら深呼吸し、熱くなりすぎた体を静めようとした。飲みかけのワインをあおり、一方だけの話から状況を読もうとする。

「ええ、私は大丈夫、メル。何があったの？　だって、ハネムーンの最中よ……。それで、ブライアンはどこ？　本当になんの問題もないのね？　あなた、酔っぱらっているの？」そこで、エラはしばらく黙りこんだ。「私も寂しくなると思うわ、でも……。あなた、ハネムーンに出発したばかりでしょう。メル？　落ち着いてよ。メラニー！　わかったわ。ねえ、ブライアンを出して」再び長い沈黙があった。「ブライアン！　いったいどうなっているの？　なるほどね……ねえ、メルにそんなまねをさせちゃだめよ。お願いだから。ハネムーンの最中なのよ。行って、楽しんでいらっしゃい。ただメルに、家に戻ったら電話するよう伝えて。ああ……わかった、それじゃあ、その話はまたあとで」

エラは受話器を置いたが、すぐには向き直らなかった。そのこわばった背中から、彼女が今やめたところからもう一度始めるつもりがないのはわかった。マットの体はエラの決断に反対だった。全身の神経は、彼女を元の場所に連れ戻せと叫んでいる。これほど高ぶった体が期待した解放を得られなかったのは、高校生のとき以来初めてだった。

受話器を戻しながら、エラは向き直ってマットと目を合わすほかないと気づいた。屈託のない振るまいを続けて。ばかに見えるようなまねはしないで。

エラは顔に笑みを張りつけ、向き直った。軽く肩をすくめ、奇妙な電話について釈明した。「メルはお酒を飲んじゃいけなかったの。お酒を飲むと涙もろくなってめそめそし出すんだもの。ブライアンが氷を取りに部屋を出たすきに、私がいないと寂しいって電話をしてきたってわけ」エラが無理にあげた笑い声は、本人もそれに気づくほど、ちょっとわざとらしく響いた。「ブライアンもショックを受けていたわ。戻ったら、妻が電話口でめそめそ泣いていて……」エラはマットと目を合わせられなかった。

言葉は尻切れとんぼになり、居心地の悪い沈黙が広がった。遅ればせながら、自分のだらしのない格好に気づき、エラは服を整えて髪を結び直した。

まったく頭がどうかしていたのよ。マットと、ホルモン過剰のティーンエイジャーみたいなまねをするなんて。マットという人をよく知りもしないのに。あのとき電話が鳴らなかったら、今ごろは彼と裸でベッドにいただろう。ただし、間違いだとしても、ブライアンの友達とベッドをともにするという考えは、悪くはなかった。いや、かなり心をそそられた。

そういう気持ちを認める時点で、どうかしている。だが、なぜか自分自身に、頭がおかしくなっていると思いこませることはできなかった。これまで、男性となんの拘束もない一夜限りの関係を持ったことはない。だが、それを初めて実行に移すのに、マットが格好の相手なのは間違いない。それで、いろいろ影響を被る羽目になったとしても。

そんな考え方は間違っている。メラニーに偶然救われたことを感謝すべきよ。長い目で見れば、マットとは面倒な関係にならないほうがいい。

深い沈黙が続くにつれ、さっきまで二人がわかち合っていた気の置けない雰囲気は消え、気まずさが増すばかりだった。どうやったら元の雰囲気を取り戻せるのか、エラにはわからなかった。それに、取り戻す努力をすべきかすらわからない。でも、何か言わなければ。

マットの咳払いで沈黙が破られ、エラはびくっとした。「エラ、僕はその……」マットが口ごもったとき、エラはようやく彼を見た。マットはエラ同様、ひどい格好だった。シャツのボタンは半分外れ、エラが指を入れたおかげで、髪はくしゃくしゃだった。素肌に触れたい一心でエラがまくりあげたシャツの裾はまだそのままだった。エラは胸のあたりにマットの視線を感じた。見下ろすと、マットに口で吸われたTシャツの前面が、濡《ぬ》れてしみになっている。エラは慌てて両腕で胸を覆った。

言葉を発するのが難しいかのように、マットは再び咳払いをした。「僕はもう行ったほうがよさそうだ。ただ、その、明日電話をするよ。ここに結婚祝いの品を取りに来る」

「わかったわ」マットも同様にばつが悪そうだ。けれど、待ってましたとばかりに逃げ出されると、自尊心がひどく傷つく。マットを見送るため階段を下りながら、いつの間にか、エラは間の悪いメラニーに悪態をついていた。少し前、エラは一瞬の好機をつかみ、この状況につけ込もうとしていた。今は実際にどうするか考えなくては。だが、いつも行動するより考えてばかりいる自分には、うんざりだ。まったく、この状況すべてがいらだたしい。

マットはノブに手をかけたまま立ち止まり、エラに向き直った。彼女は階段を一段上がったところに立っていたので、初めて彼を見あげずに済んだ。

「今夜の君はすばらしかったよ」

「えっ？」

マットは慌てて続けた。「ディナーのことだよ。べつに、それ以外の……いや、そのあとの君がすばらしくなかったというわけじゃない。まったく」彼は一度深呼吸した。「僕は実際へまばかりだ。つまり、今夜はすばらしかったと言いたかったんだ」

なぜか、マットの困惑は彼女の困惑を少しだけ和らげた。「私も同じ気持ちよ」エラはほほ笑んだ。今度は心からの笑みだった。

「おやすみ」マットがキスをしようと身をかがめたので、エラはすばやい機械的なキスを予測し、彼に顔を近づけた。予想に反し、マットはエラに長々と激しいキスをした。キスは、すべてを焼きつくすような情熱こそなかったものの、渇望感にあふれ、ひどくエロティックだった。キスを返すや、激しく抱き寄せられて、エラの足は床から浮きあがった。

　数分、いや数時間かもしれない。エラはマットのキス以外、何も感じられなかった。やがて、エラが通路の壁にもたれかかったとき、マットはついに唇を離して彼女を床に下ろした。脚がキスで萎え、立っているのもままならなかったエラは、マットが抱いていてくれるのがありがたかった。マットはエラの体を腕で支え、頭のてっぺんに顎をのせた。

「わお」マットは一度深く息を吸ってから、大きな音をたてて吐き出した。「さあ、もう僕は行くよ。本当は帰りたくないけど、行かなくちゃ」

　頭をマットの胸に押し当てていたので、エラは頬の下にマットの心臓の鼓動を感じた。下腹部を押しているのは、間違いなく彼の熱い高ぶりだ。エラは気づいた。彼の言葉は単なる儀礼的なものではない。

「帰りたくないのなら、行かないで」

4

　エラの声は静かだったのに、マットは大声で呼びかけられたように緊張した。

　頭を後ろに引いてエラを見下ろしたとき、彼の顔にははっきり驚きが刻みこまれていた。「えっ？」

「帰りたくないのなら、帰る必要はないわ。ここにいたいのならそうして」エラ自身、自分の口をついて出た言葉が信じられなかった。だが、残ってほしいという気持ちに偽りはない。マットが好きだ。マットとの会話は弾んだし、何より一緒にいて楽しかった。それに、さっきのキスや何かが目安になるなら、マットはベッドのなかでもすばらしいはず。私はシカゴをまもなく去り、ここで暮らした日々は終わりを告げる。だとしたら、結果がなんなのよ。来週には故郷に戻り、新しい人生を始める。望むまま何をしようと、まったく自由だ。そして、エラはマット・ジェイコブズとセックスがしたかった。エラは彼の頬に手を置いてほほ笑んだ。「本気よ」

マットはもうきき返しはしなかった。エラの膝の下に手を入れて抱きあげるや、まるで空気か何かのように、階段をひとつ飛ばしにして彼女を上まで運んだ。そして居間に置いてあった段ボール箱を巧みによけ、エラの寝室に直行した。さっき着替えをしたときにつけたベッドサイドのランプが、まだともっている。マットは苦もなく荷物が散乱した部屋を横切り、エラをベッドの真ん中に下ろした。エラは、自分がどこから見ても〝小柄〟なのは知っていたが、マットといるときほど小さく繊細だと感じさせられたことはない。すぐそばで、ついさっき着たばかりのジャケットを脱ぐマットは威圧的なほど大きい。

薄暗い部屋で、エラはロマンス小説のヒロインになった気がした。バイキングにバージンを奪われかかっているプリンセス。エラは彼に奪われるのが待ち遠しかった。

マットのシャツは裾がまだまくれあがり、ところどころ、ボタンも外れていた。彼はベッドの脇でエラを見つめたまま残りのボタンを外し、身をくねらせてシャツを脱いだ。日焼けした肌や固い筋肉を目の前にし、エラの喉がごくりとした。マットがズボンのウエストベルトに手を伸ばすのを見て、エラは身を起こしTシャツを脱ごうとした。

「だめだ」

「えっ？」マットの言葉に戸惑いながらも、エラは動きを止めた。

「君の服は僕が脱がせたい」

言われた内容のせいか、声がかすれていたせいかはわからない。エラはいったん裾をつかんだ手を下ろした。こんなエロティックな言葉を聞くのは初めてだ。エラの体も同感だったのか、再び胸の頂がとがるのを感じた。両脚のあいだにうずくような痛みが広がり始める。エラは平静を装い、枕に身をもたせ、彼が服を脱いでベッドに入ってくるのを待った。

でも、ああ、マットはなんてすばらしい姿で、私の目を楽しませてくれるのだろう。服を着ているマットは、信じられないほどハンサムだ。けれど、裸の彼には、唖然《あぜん》とするばかりだった。六つに割れた腹筋、細いウエスト、筋肉がついた脚。エラは浮き出た筋肉を、たまらなく指で撫《な》でたくなった。彫刻家だったらよかったのに。この男性は粘土で形を作り、永遠にその存在を残すべき体型をしている。

マットの裸を見ただけでエラは口がからからになり、頭に血が上った。口をぽかんと開けてマットを見つめていたことに気づき、無理やり彼の顔に視線を戻した。彼に気づかれていなければいいけれど。

気づいていたとしてもそれにはいっさい触れず、マットは堂々とした態度でエラの隣に身を横たえた。そして、彼女の唇の感触を心に刻もうとするかのように、ゆっくりと周到にキスをした。あてもなくエラの体をさまようマットの両手は、拷問のようにじりじりと動き、エラに忘我の境地を味わわせた。エラはマットの全身に触れたかった。彼の肌の感触を味わいたかった。六つに割れた腹筋を舌先で探索したかった。やがて、マットはエラのTシャツを頭から脱がせ、ようやくエラは待ち望んでいたとおり、彼の肌をじかに感じることができた。マットはさらにキスを深め、エラを仰向けにして、胸やおなかをゆったりと探索にかかった。

マットに胸の先端を舌先でからかうように転がされ、エラの喉の奥から喜びの吐息がもれる。ついに胸の頂を口に含まれたときには、マットの髪をつかみ苦悶《くもん》の声をあげた。全身を炎になめつくされ、エラは、彼の唇の動きに合わせヒップを動かした。もっと欲しかった。彼のすべてが欲しい。だが、マットは急ぐ様子もなく、エラのもう一方の胸に唇をはわせた。

やがてエラは身をくねらせ始めた。マットが舌先で愛撫《あいぶ》を繰り返しながら、肋骨《ろっこつ》からおへそまでキスでたどったのだ。キスがヨガパンツのウエストに達すると、マットはゆっくりヨガパンツを下げながら舌で少しずつエラの肌を味わっていった。それから、ヨガパンツとショーツを一緒に引き下ろし、ひと息にエラの脚から抜き去った。マットはエラを見つめた。頭のてっぺんから爪先まで値踏みされ、エラは最後はきまりが悪くなり、もじもじし始めた。

「すごくきれいだ。完璧だよ」マットの言葉に、エラの下腹部のあたりで何かがざわめいたが、賞賛については疑問に思わずにはいられなかった。

マットの手が、ゆっくり足首からふくらはぎへと撫であげる。彼は優しくふくらはぎをつかんだあと、身をかがめてエラの膝にキスをした。彼が腿の内側を唇で優しく吸うと、エラは息をするのもままならなくなった。彼の唇はそのままゆっくり上のほうに移動し、ついにエラの黒っぽいカールに息がかかった。マットはエラのカールにからかうように鼻を押しつけ、舌先で潤いを味わった。

エラは、つかの間、喉にからまったような喜びの声をあげた。思わずせがむように腰を浮かし、彼の髪に指をからませる。エラの気持ちを察したのか、マットは両腕を彼女の腿の下に滑りこませた。そしてエラの腰をちょうどいい場所に固定し、熱を帯びた潤いを舌で探り、内側に滑りこませた。とたんにエラは背中を弓なりに反らし、彼の頭から手を離し、背後のヘッドボードにつかまった。クライマックスが近づくにつれ、エラは頭を前後に激しく揺らし、ついにマットの名前を叫びながら頂点に達した。

マットは身を起こして彼女に覆いかぶさり、唇に激しくキスをしたが、そのあいだも、エラの脚の震えは止まらなかった。

「避妊具は？」マットは小声できいた。「えっ？」

エラは言語の理解力を失っていた。

「避妊具だ。僕は用意がない」マットはそわそわと体を動かした。「どうか、持ってると言ってくれ」

「ああ」ぼんやりしたエラの頭も、ようやくマットの言葉を理解した。エラは横に転がってベッドサイドのテーブルに手を伸ばし、引き出しのなかを探った。もうっ、どこに行ったの？　ここにしまってあるのは知っていたが、背筋を撫でさするマットの手が刺激的すぎて、エラは探し物に集中できなかった。

マットが背後から潤いに指を滑りこませると、エラは自分が何をしているのかわからなくなった。彼が指を抜いたとたん、エラの体に震えが走った。

いったい何を捜していたの？　マットが別の指を滑りこませるや、エラは抵抗するように腰を浮かせ、そして、思い出した。高まりつつある欲望の波に逆らい、エラは探し物に気持ちを集中し、やがて小さな包みを手に、勝ち誇った顔でマットを見た。

「助かった」マットはため息をもらし、包みを破って装着した。もしエラがこれほど差し迫った欲望を感じていなければ、安堵《あんど》に満ちたマットの声をこっけいに思っただろう。マットは身のこなしがすばやく、巧みだった。すぐに、エラは彼に抱き寄せられていた。貪るようなキスのあと、マットはエラの膝を割り、腿のあいだに身を落ち着けた。

両脚をウエストにからめたエラは、間髪を入れず、再びキスを求めるようにマットの顔を引き寄せ、腰を浮かせた。マットは苦しいほどゆったりした動きでエラに身を沈め、歓喜のあえぎを唇で封じた。

ああ、どうしよう。マットが腰を引くや、エラの体の内側を炎が走った。彼はエラのヒップの位置を直し、再び元の場所に身を沈めた。たくましい腕の筋肉を震わせながら彼は両腕で体を支え、リズムを刻んでいた。そのゆったりとした動きに、エラは期待感が募りすぎて死んでしまいそうな気がした。

マットが身を滑りこませるたび、エラはたった今下りたばかりの頂上に引き戻された。さらに大きな喜びを求め、エラが彼のヒップをつかむ。リズムの速度を上げたくて、マットの肌に爪を立てた。こんなに気持ちいいのだから、もっとゆったりと構え、歓喜を引き延ばすよう努力するべきだ。けれど、歓喜が大きすぎて、悠然としていられなかった。

マットがリズムを刻むごとに、エラの体に長く甘美な震えが走った。それは、彼女を徐々に極限まで追いつめ、やがて正気を奪った。まぶたの裏で星々が砕け散ったとき、エラの世界は、体を満たす熱い高ぶりに支配されていた。マットが最後に深々と身を沈めるのとほぼ同時に、エラは二度目の絶頂に達した。そして、マットはうめき声をあげながらエラの体の上に倒れこんだ。

エラの全身には汗が光り、その息は弾んでいた。ゆっくり現実に引き戻されたとき、マットも同じだと気づいた。歓喜の余韻が体じゅうに広がるなか、エラは身じろぎする気になれず、マットの湿った背中や首筋を所在なく両手で撫でた。

マットは数回深く息を吸いこんだあと、両肘をついて上体を起こし、エラを見下ろした。つかの間、チョコレート色の瞳に見とれるうちに、エラの鼓動は徐々に落ち着き、元の速さに戻った。

やがてマットはエラから視線を離し、身をかがめて彼女にキスをした。悲しげな笑みを浮かべ、エラの額に額を重ねる。「すまない。予定よりちょっと急ぎすぎた」

「文句などないわ」実際、自分の幸運に感謝しているくらいだ。マットの腰にからめていた脚を下ろし、エラはけだるげに伸びをした。再び体に小さな震えが走る。汗で熱を奪われたせいか鳥肌が立った。

「あれ以上待てたかわからない」

マットはごろりと転がってエラの体から下り、ベッドの足元にたまっていた上掛けをつかみ、二人の体にかけた。エラの顔からそっと髪を払う。「君は信じられないほどすてきだ」それから軽くキスをしたあと、すぐに戻ると言って浴室に向かい、柱の向こうに姿を消した。「次はさっきみたいに急ぐつもりはないよ」

「次?」エラは片肘をついて浴室のほうを見た。

「もちろんだよ」戻ってきたマットは、ベッドの端に腰を下ろした。上掛けの上からエラの腿を撫で、流し目で誘いをかける。「僕の計画は始まったばかりだ」彼はさっきエラが探った引き出しを開け、別の避妊具を探した。引き出しから目的のものを取りだすや、思わせぶりに包みで上掛けを撫でる。「かわいい人、まだ夜は長いよ」


エラはベッドに差しこむ光で目が覚めた。ひとりきりだと気づくのに一分ほどかかり、なぜいつもと違う感じがするのか悟るのに、もう一分かかった。

マット……。

上体を起こして耳を澄ましたが、アパートメントにほかに人がいる気配はなかった。「マット?」答えはない。マットが寝ていた側に手を伸ばしてみる。冷たい。彼がベッドを出てかなりたつのは明らかだ。

エラはため息をつきながら枕に身をもたせかけた。マットがさよならも言わずに行ってしまった。なぜそんなつまらないことに、くよくよしたり落胆したりするの? 彼となぜ一夜をともにしたのか、まずそっちを悩むべきだ。今まで誰も泊めたことはないのに。実際、誰かとベッドをともにすることすらめったにしなかったし、まして、自分のベッドでなどありえなかった。

それなら、なぜ早朝にマットに帰ってもらわなかったの？　マットが姿を消したことに失望している自分が心配だった。いなくなってくれてよかったのよ。熱い夜を過ごしたあと、きまりの悪い会話をせずに済んだわ。だが、好都合だったことが再び証明されても、大した満足感は得られなかった。

上掛けの下で体を伸ばしたとき、エラはかすかな痛みを覚えた。そうね、痛くなるのも当然だわ。あれだけ激しいセックスをすれば、体が痛くなって当然だ。マットは間違いなくスタミナがある。そして、想像力も。おまけに女性を喜ばせる才能がある。

いつどうやってすべてが終わったのか、はっきり覚えていないが、そのあいだは確かに楽しかった。

でも、終わったのよ。今はもう普段の生活に戻ってしまった。エラは部屋を見まわした。途方もない量の荷物が、エラが荷造りするのを待っている。それを見て、自分のするべきことを思い出した。まったく、ベッドに潜りこみたくなるような量の荷物だ。エラはじっくり考えたあと、うめき声とともに上掛けをまくり、やっとの思いでベッドを出た。

床からTシャツを拾って頭からかぶり、冷蔵庫のコーラを取りにキッチンに向かった。カフェインと砂糖。動くためにはそれらが必要だ。

エラがしかめっ面でもつれた髪を片手で梳《す》いているあいだに、コーラが魔法のような効果をもたらした。まったく、今必要なのは熱いシャワーよ。彼女はふふんと笑った。マットの香りが快い思い出のように肌にしみついている。全身から情事の残り香が立ちのぼっているに違いない。

シャワーの下に立って熱い湯を浴びながら、エラは頭のなかで昨夜の細々した出来事を思い返した。

自分がマットをどう攻め、二人で何をしたかを思い出せば赤面するのは当然だ。だが、シャワーカーテンを開けたときエラが鏡のなかに見たのは、それとは反対に満足しきった顔だった。

エラはハミングしながら髪を乾かしたあと、くたびれたジーンズをはき、お気に入りのシカゴ・カブスのTシャツを頭からかぶった。そう、確かに私は自分で決めたルールをいくつも破った。親友の夫の親友とベッドをともにしたのはそのうちのひとつ。だが、エラは信じられないほど気分がよかった。柄にないことをするのは、確かに心を解放する効果がある。エラは新しい女性に生まれ変わった気がした。マットとの一夜が必要だったのは間違いない。

依然としてハミングを続けたまま、エラは思わずにこにこして寝室に戻った。

「おはよう」

エラは悲鳴をあげた。ショックのあまり、片手を喉に当て、必死で言葉を見つけようとした。マットがベッドに座っている。「マット！　いったいどうしたの？　死ぬほど驚いたわ」エラは化粧台に寄りかかった。「あなたがいるとは思わなかった」

彼はここで何をしているの？

「ごめん。君を驚かせるつもりはなかった。君はすごく気持ちよさそうに寝ていたし、君が起きる前に戻れると思ったんだ」マットはベッドの真ん中に置かれた箱を示した。地元のパン屋の箱だ。「朝食を買ってきたよ」エラが相変わらず身じろぎもしないので、マットは歩み寄り、彼女の前に立った。両手をエラの腕に置く。「やれやれ、本当に君を驚かせたみたいだな。僕は何か作ってベッドにいる君に持っていくつもりだったが、戸棚のなかは空っぽ。君は料理ができると自慢していただろう。キッチンに何も食料がなかったのはショックだったよ」

「そうね、最近はスーパーに行く時間があまりなかったのよ」エラは呆然《ぼうぜん》とした顔で答えた。脈拍は元の速さに戻っていたが、筋の通った考え方ができるほどではなかった。マットが朝食を買いに？

「エラ」マットは彼女をベッドに導いた。「僕はひとっ走りしてブライアンのアパートメントまで服を取りに行き、そのあとパン屋に寄って戻ってきた。書き置きを残しておいたんだが……キッチンに」

「見なかったわ。ごめんなさい」書き置きを捜そうとは思いもしなかった。だが、服という言葉に注意を引かれてマットを見ると、彼はそれまで着ていたカーキ色のスラックスやシャツから、色あせたジーンズとグレーのTシャツに着替えていた。エラと同様くつろいだカジュアルな服装のマットは、野心的な弁護士というより、大学生のように見える。マットの濡《ぬ》れた髪とひげを剃《そ》った顔を見て、エラは起きてすぐシャワーを浴びてよかったと思った。

マットはパン屋の箱をエラに差し出し、蓋を恭しく開いた。「何が好きかわからないから、全種類買った。ベーグル、クロワッサン、デニッシュ、好きなのをどうぞ。コーヒーと紅茶とオレンジジュースも買ってきたよ」

エラは返事のしようがなかった。「まあ、ありがとう。どれもおいしそうね」彼女はクリームチーズが入ったベーグルを取り、ぼんやりとかじった。マットはどこから見ても上機嫌だ。彼は枕に身をもたせかけ、別のベーグルを取り出した。彼が完全にくつろいだ様子でしゃべり続けているあいだ、エラは混乱した考えを少しでもまとめようとした。

だが、その努力は無駄だった。

「エラ？」

エラが目を上げると、マットがカップを差し出していた。「えっ？」

「コーヒーを飲むか、ときいたんだ」マットはしげしげと彼女を見た。「大丈夫かい？　ちょっと、ぼうっとしているみたいだけど」

ばれた？「大丈夫。実は朝が弱いの」そう言い訳したほうが、真実を打ち明けるよりずっとましだ。本当のところ、今何を言うべきかまったくわからない。「紅茶をお願い。それを飲めばましになるわ」エラはもう一方のカップに手を伸ばし、明るい声を出そうとした。「ミルクはある？」

エラにミルクと砂糖を手渡しながら、マットは彼女の顔を観察しつづけている。エラは困惑していたが、不安を顔に出さないよう努めた。さっきより大きな笑みをマットに投げ、ベーグルにかぶりつく。

「これはシカゴでいちばんおいしいベーグルなのよ。ダウンタウンの高架鉄道の下にある店のほうがおいしいという人もいるけれど、私はこっちが好き……」エラの言葉は尻切れとんぼになった。マットの執拗《しつよう》な視線にさらされたまま、このままたわいないおしゃべりを続けているわけにはいかない。

「そうか、やっと気づいたよ」マットはうなずいた。

「君は僕が行ってしまったと思ったんだな？」エラが否定の意味で首を振ろうとすると、マットはすかさず続けた。「だから、僕を見てあんなに驚いたんだ。僕が真夜中に逃げたと思ったんだ」

落ち着いているふりをしようとしたが、結局できずエラは認めた。「ええ、そのとおりよ。あなたが行ってしまったと思ったの。だから、ここにいるのを見てちょっと驚いたのよ」

マットは手を伸ばして彼女の腕をそっと撫でた。

「昨夜あんなことがあったのに？　ありえないよ」

下腹部のあたりがかっと熱くなったが、エラはそれを無視しようとした。

彼はためらったあと、急に真顔になって手を引っこめた。「もちろん、君が僕がここにいるのが気に入らないのなら話は別だ。僕が君に何も言わずに行ってしまったほうがよかったのかな？　つまり僕は……」彼は立ちあがろうとした。

その瞬間、マットレスが弾み、二人はベッドの上に飲み物をこぼさないよう、慌ててカップをつかんだ。食べかけのベーグルを持ったまま、ジュースやコーヒーのカップを危なっかしくつかんでいるマットの姿を見たとたん、エラのぎこちなさはどこかに行ってしまった。彼女は声をあげて笑い、それをきっかけに昨夜の親密さがいくらか戻ってきた。

「だめよ、座って。気をつけてね」マットが相変わらずカップを落としそうだったので、エラは言い添えた。「ここにいてくれてうれしいわ。私、こういうことは慣れていないし」

「〝こういうこと〟のどこに慣れていないんだ？」

マットはきいたあと、カップやほかのものをすべてもっと安定のいい場所に置き、ベッドに戻ってきた。

「こういうことよ」自分と彼とベッドを囲むように、両手を広げる。「あなたと朝食をとるとか、そういうこと」エラはうろたえ、降参とばかりにまっすぐ彼を見た。「正直言うと、いつもは人を泊めたりしないの。ここには絶対に。ベッドをともにした翌朝、どう振るまったらいいかわからないし」

「どう振るまう？」マットは思わず笑った。咳払《せきばら》いでごまかそうとするマットを見て、エラは細めた目で彼を見た。「僕もその道のプロとは言いがたいが、そんなこと、実際に考えたこともなかった。だが、確かに、僕たちは相応の作法に従うべきだ」マットはわざとらしいまじめくさった顔で、ヘッドボードに身をもたせかけた。「君は南部の女性だ。だから、礼節の大切さを知っている」彼はにやっと笑い、エラが投げたベーグルをひょいとかわした。「それに、高価な贈り物を贈る習慣もある。もちろん、贈り物の値段はセックスの満足度に応じればいい」エラはまわりを見まわした。マットに投げつける何かもっと大きなものはないだろうか。マットはエラに挑発的に眉を上げ、さらに続けた。「そうだ。昔からある歓迎のサービスを……痛っ」エラが入れた突きは彼のみぞおちに見事に命中した。

「あなたは悪魔よ。マット・ジェイコブズ。ずうずうしく私を笑い物にしないで」

マットの声からおもしろがるような響きが消えた。「笑い物にしようなんて夢にも思っていないよ」彼はエラを抱き、そのまま横向きに寝転がった。ほんの数センチのところにあるマットの顔が、ほかのすべてをエラの視界から遮った。エラはいつの間にか再びチョコレート色の瞳にとらわれていた。「だけど、本当に僕に帰ってほしいのなら言ってくれ。従うから」エラが首を横に振ると、マットは軽くキスをした。「よかった」

再び心地よい高揚感が戻ってきた。「あら。これっていわゆる……」

「黙って」マットの手がエラの脇を上下する。「君の脚は僕の思考回路を乱す」あなたの手のほうが私の思考回路を乱すわ、と抗議することもできたが、マットとこれほど接近していては、言葉も浮かばなかった。「本心を言えば、君をベッドに連れ戻し、これから数日、君を裸にしておきたい。そうすれば、古代インドの性愛経書《カーマ・スートラ》に出てくるあらゆる体位を試せる。でも、君の引っ越しトラックが金曜日に来ることも、荷造りが山ほど残ってるのもわかってる」

裸で過ごす退廃的な数日を想像し、エラはめまいを覚えたが、荷造りの指摘になんとかうなずいた。

「僕は土曜までこの町にいる。荷造りは喜んで手伝うよ……もちろん、その合間に君をベッドに連れ戻す算段を何度もするだろうが」

えっ？「でも、今週の計画はすでに決まっているんでしょう？」

マットはうなずいた。「ああ、家族と過ごすつもりだったが、昨日その計画は頭から追い払った」

「それはひどいわ。あなたはよくても、お母様はあなたに会うのを楽しみにしているはずよ」

「たぶん。でも、あまりにも大勢の家族と過ごすのは、どうにもくつろげない」エラが口をはさもうとすると、マットは首を横に振った。「真面目な話だよ。家族を愛してはいるけど、一緒にいると頭がおかしくなりそうになるんだ。実際……」マットは言葉を切り、ほんの少し残念そうな顔をした。「僕の乗る飛行機は今日発《た》つ、と家族は思っている」

「そんなことをして恥ずかしいと思うべきよ」

「ああ、恥ずかしいよ。本当だ」あてもなくさまよっていたマットの両手が、動きを止めた。もっと明確な標的を見つけたのだ。手はエラのジーンズのウエストに潜りこみ、背骨の末端の部分を愛撫した。

彼女は身を震わせた。「深く恥じている」

マットはエラは抱き寄せ、長く情熱的なキスをした。激しく唇を押し当てられ、彼女は服越しに彼の熱い高ぶりを感じた。再び興奮をかき立てられ、エラは熱っぽくキスを返した。体と体のあいだに手を入れ、ズボンの盛りあがりを撫でる。

マットのうめき声がもれ、高ぶったものがエラの手を押しあげた。エラはスナップとファスナーに手をかけて高ぶりを解放し、熱くなめらかなものに手をはわせた。マットは息をのんだ。そして切迫した様子で身じろぎしながら舌でエラの唇をたどり、やがて訪れるエロティックなひとときを約束した。

エラは徐々に下のほうに体をずらし、今度は手ではなく唇を押し当てた。マットがエラの邪魔をしているジーンズを下ろそうと、背中を反らす。エラが熱い高ぶりに舌を滑らせ、その先端を口に含んだとたん、彼は彼女の髪に指をからめた。

マットの鋭く息をのむ音が響いたあと、かすれたささやき声が聞こえた。「エラ」

マットがヒップを動かすたびに、彼の高ぶりはエラの口のなかに出入りを繰り返す。エラはそっと手を滑らせ、二つの丸いものを手のひらに包んだ。それに応えるようにマットが腰を突きあげた瞬間、彼の手はエラの顔を押しやった。

「君はうますぎるよ」

マットはエラを引っぱりあげ、貪るようにキスをした。その合間にも忙しく手を動かし、エラと自分の服をはぎ取りにかかった。気持ちがかき乱されるキスだった。マットに手を貸したくても、エラはぎこちなく脚を動かし、ジーンズを脱ぐのがやっとだった。マットがどうやって自分のジーンズを脱いだのかはわからない。だが、マットの指が恐ろしい的確さでエラを探り始めたとき、むきだしの彼の脚が触れた。最初に彼に指でかすめるように触れられただけで、エラはもっと愛撫が欲しくなった。マットは手首をひねって指をエラの潤いに滑りこませ、リズムを刻みながら、親指で敏感な場所に円を描いた。

もうだめ。目を開けてマットにそう言おうとしたとき、エラはマットにじっと見つめられていることに気づいた。「そうだ。さあ行こう」マットの巧みな指が速度を速めると、エラになすすべはなかった。

やがて、耳の奥の脈動を超える大きなあえぎが響き、エラはぼんやりとそれが自分の喉からもれたものだと気づいた。マットが避妊具の包みを破る甘美な音が聞こえた。

すぐにマットはエラに押し入り、熱い潤いに力強く身を沈めた。エラが、張りつめたもので埋めつくされる感覚を味わう間もなく、動き始めた。マットはエラの歓喜の叫びをキスでのみこみ、激しくリズムを刻んだ。昨夜のゆっくりしたじゃれ合うような愛の営みとはまるで違っていた。二人は、初めて触れ合うかのように、痛いほどの渇望感を覚えていた。

エラの頭は真っ白だった。ただ差し迫った欲求に身をゆだね、マットの肩にしがみつき、彼が刻むリズムに合わせて腰を揺らした。かすれた叫び声とともにエラが再び頂点に達すると、マットは力を振り絞り、さらに深く彼女に身を沈めた。もう一度、そしてもう一度。次の瞬間、マットは上体をのけぞらせて自らを解き放った。

現実感はゆっくり戻ってきた。現実に引き戻されたとき、エラは自分の体がほとんどマットの体で覆われていることに気づいた。エラは身動きがとれない状態だった。呼吸はできるけれど。マットの重みでエラはベッドに沈み、頭は彼の肩に押しつぶされていた。今気づいたが、彼の肩はまだグレーのTシャツで覆われている。エラはくすくす笑いながら、自分もまだTシャツを着ていることに気づいた。

「何がそんなにおかしい?」エラの髪にうずもれ、彼の声はくぐもっていた。息もまだ少し弾んでいる。

「あなた、くつろいで楽しみたいと言ったわよね」

マットは頭を上げて、エラを見た。その顔にちらと浮かんだ困惑の色も、Tシャツをエラに引っ張られてたちまち消えた。

「そうだな、その望みをかなえる時間がまだあるといいのだが」マットはなだめるように体を動かし、少しだけエラに侵入した。「で、君の意見は?」

エラはまともに考えられなかった。「なんの?」

「今週僕と一緒に過ごすことだよ」

「でも、あなたのご家族はどうするの?」

マットはため息をもらした。「祭日は実家に戻ると約束する——感謝祭とクリスマスには。そのときに家族としての義務は果たすよ、いいだろう?」

これは難しい状況だし、数秒ごとに事態の難しさは増すばかりだ。それに、今の体勢を考えると……。

「じゃあ、荷造りも手伝ってくれる?」

「もちろん」

「で、どうなるの?」エラはまっすぐに彼を見た。

「どういう意味だ?」マットが彼女の体からごろりと転がって身を起こしたので、エラも同じように上体を起こした。たった今自分たちがしたことを考えると奇妙だが、エラは体を露出しすぎている気がし、遅ればせながら上掛けをたぐり寄せた。

エラは顔から髪を払いのけて深く息を吸いこんだ。「あまりいい考えではないと思う。もちろん、明らかな利点は別にしての話よ」マットの信じられないと言わんばかりの目を見て言い添える。「あなたが好きよ、マット。昨夜はすべてがすばらしかった。でも、これ以上関係を続けるのは、まずいと思うの。私の親友はあなたの親友と結婚している。面倒な事態になりかねないわ。そうなるのはいやなの」

マットの乱れた髪は魅力的だったし、彼が途方に暮れた様子で髪を梳く姿はエラを悩ませた。「僕は無茶な人生を送ってきた。週六十時間働き、今回はここ数年で初めて取った休暇だ。その休暇を君と過ごしたい。駆け引きも面倒事もなしだ。この一週間が終わったら、君も僕も元の生活に戻ればいい」

ほかの女性なら、こんな提案は侮辱だと思ったかもしれない。なぜマットは私が侮辱と取らないとわかったのだろう。なんのしがらみもないセックスを、丸一週間マットと楽しむ。エラの体はすでに乗り気だったが、エラの冷静な部分は、ノーと言うべき理由を次々と数えあげた。賢い女ならその忠告に耳を傾けるはず。

だが、エラは賢いと自称したことはない。

マットの正直さや自分の求めるものを明確に説明するやり方は、賞賛するべきだ。それに、マットは正しい。厄介なことになるはずはない。

一時的な勝手気まま――マットが提案しているのはそれだ。自分が彼の誘いに乗るつもりだと気づき、エラの体を小さな震えが走った。すてき！　という心のなかの歓声が、驚きの悲鳴をあげた別の小さな声を、かき消していく。「ねえ、あなたの言うとおりよ。厄介なことになるわけないわ」マットの表情はおかしかった。ショックを受けたようでもあり、信じられないというふうでもあり、興奮しているようでもあった。「どうしたの？　私にノーと言ってほしかったの？」

「とんでもない！　イエスの返事を望んでいたよ。ただ、思ったんだ……もしかして君がノーと言うかもしれないと。僕の顔をひっぱたき、ここから追い出されるかもしれないと思った」マットの声は低くなり、最後にはうなるような声になった。「けれど、君がイエスと言ってくれてうれしい」マットは枕の上に寝そべり、エラを自分の体にまたがらせる格好で抱き寄せた。明らかにすぐに始めるつもりらしい。

だが、エラは彼の体から滑り降り、ベッド脇に立った。そんなエラをマットは引き戻そうとした。

「だめよ」エラは首を横に振った。マットのズボンを床から拾って彼に放り投げたあと、自分のジーンズを身につけた。そして、横たわったままのマットに命令した。「さあ、すぐに服を着て」

「エラ」マットが苦悶の声をあげ、再び手を伸ばす。

「荷造りを手伝うと約束したでしょう。この契約の目的を達成できるか確認したいの」うめき声をあげ、マットが枕で頭を隠した。エラはからかうように彼の脚をぴしゃりとたたく。「さあ。肉体労働の時間よ。その筋肉を働かしてちょうだい」

エラは床から冷えたお茶のカップを拾い、キッチンで温め直そうと歩き出した。足を止めてベッドを振り返る。マットは相変わらず動こうとしない。

「起きて。あとで、〝ハンサムな引っ越し屋さんと寂しい独身女性ごっこ〟をしてあげるから」

マットは枕から顔を出した。「約束する？」

「あなたの働きしだいね」

笑い声をあげながらドアに向かって走るエラに、マットは突進していった。

5

髪はポニーテール。ノーメークで、三サイズほど大きいTシャツを着たエラは、やっと免許を取れる年齢に達した少女のようだ。実際、エラは、十代の少年が欲望を解消するときに妄想するタイプだ。くそっ、エラは、まさに僕の十代のころの妄想そのものだ。そういえば、メラニーとブライアンは、エラのことをいつも噂《うわさ》していた。なのに、今までエラについて、改めて考えもしなかった。もっと前に故郷に帰ればよかった……。

目を上げたエラは、マットに見つめられていると知り、困惑気味の笑みを浮かべた。「今度は何?」

「なぜ結婚しないんだ、エラ?」

エラはびっくりして目を大きく見開いた。焼きそばが気管に入りそうになったのか、激しく咳《せ》きこんだ。気軽にこんな質問をするべきではなかったかもしれない。少なくともエラが口のなかのものをのみこむまでは。マットは彼女がひと息つくのを待った。

「〝あなたは創造力に富んで革新的です〟だって。まあ、うれしい」エラはフォーチュンクッキーに入っていたおみくじをテーブルの上に投げ、マットににこっとした。

「特にベッドのなかではね」マットがすかさず言い添える。「僕も同感だよ」

エラは声をあげて笑い、テイクアウトの焼きそばの箱を手に取った。エラが椅子の背に身をもたせかけ、ゆでた麺に肉と野菜を加えた焼きそばを口に運ぶあいだ、マットは巧みに箸を操る彼女を観察した。日は隣家の背後に落ちようとしている。薄暗くなった部屋は、親密な雰囲気を醸し出していた。

「なんですって？」

「ただ、君がなぜいまだに未婚なのか不思議に思っただけだ」

「私も同じ質問をあなたにしたいわ」

「へえ。でも、最初に質問したのは僕だからね」この数日で、マットはエラをかなり理解したと思っていた。なにしろ、食べ物や避妊具を買いに走る以外は、片時も彼女のそばを離れていない。女性とずっと一緒で、神経がすり減らないのも初めてだ。

たぶんこの状況が特殊だからだろう。だが、これまで一緒に過ごした女性たちと違い、エラにならなんでも言える気がした。エラとの会話では、政治であろうと、彼女の多岐にわたるCDコレクションについてであろうと、言いたいことを自己検閲したりためらったりする必要がなかった。そのせいでかなり唐突な質問をしてしまった。だが、質問した以上、マットは答えを知りたかった。

エラは焼きそばをもてあそんだ。「答えようのない質問だわ。いろいろと理由がありすぎて」

「ごまかさないでくれ。結婚する気はあるのか？」

その質問に、エラはいたずらっぽい笑みを浮かべた。「それって、プロポーズ？」

今度はマットのほうが、中華料理を喉に詰まらせる番だった。「まさか。ただ情報が欲しいだけだ」

「たぶん、自分にぴったりの男性にまだプロポーズされていないから、だわ」

「質問をうまくかわしたな。あとひと息だ」

「〝この先ずっと一緒に暮らしてもいいと思う男性が、まだ見つからない〟っていうのはどう？　それで、あなたの好奇心は満足した？」

マットはからかうようにうなずいた。「なるほど。〝誓いを交わせるかどうかの問題〟ってわけだ。うわっ」テーブルの下で膝を蹴られ、マットは叫んだ。

「まあ、誓いがどうこうなんて話を持ち出すなんて、あなた、変わってるわね」エラは椅子にゆったり身をもたせかけ、箸の先で彼を指してからこう続けた。「あなたのデートの歴史をひもといてみない？　私が聞いた話では、あなたは必ずしも生涯に何度も結婚と離婚を繰り返すタイプではなさそうだけど」

　これは僕の負けだな。話し好きのメラニーが、何から何まで暴露したのは明らかだ。「でも、ちょっと違う。僕だっていつかはすてきな娘《こ》と出会い、家庭を持つ気は充分ある。母はさらなる孫の誕生を期待しているしね。三十五歳までにはパートナー弁護士になっているだろうから、そのころには家族のために割ける時間もできる。君が結婚しない口実は？」

　エラは肩をすくめ、焼きそばに目を凝らした。マットは何も言わずに答えを待っている。やがてエラは箸を焼きそばに突き刺し、容器をテーブルに置いた。それから天井を仰いだ。「こんな会話をあなたとしているなんて信じられない」

「なぜだ？」

　エラはひとつ深呼吸したあと、ふっと音をたてて息を吐いた。「メラニーは〝過度な感情の抑制〟と名づけたんだけど、私にとって恋愛は、理論上はよくても実行すると失敗するものなの。どう呼ぶかは任せるけど、誰とも約束を交わせない気がするわ」

「人生に約束はつきものってわけでもない。君はただベストを尽くせばいい」

「そして、うまくいきますようにと祈るの？　それは私のやり方じゃないわ」

「君は本当に異常なくらい几帳面《きちょうめん》なんだな」

「ええ、かなり」エラは肩をすくめた。「これまでは几帳面に物事をこなしてうまくいったから」

「もし君がそういうふうに思うのなら――」

　突然エラは意気揚々とマットに笑いかけた。「ねえ、もしかして私も結婚に目を向けるべきかしら。

結婚式は楽しいし」エラは二歩でマットに歩み寄り、彼の膝にまたがった。それから焼きそばの箱を奪ってテーブルに置くと、挑発するように膝の上で体を揺らした。「わかっているの。結婚式で最高に興味深い人と知り合ったんでしょう」言いながらエラは彼の肩にかすめるように手を触れた。

マットの血が騒いだ。頭では彼の心をかき乱すためのエラの作戦と知りながら、体は気にも留めなかった。毎日セックスが可能な男性に、一日あたりの限界があるとしたら、マットがそれに近づいているのは確かだった。だが、ほんのちょっとした励ましで、体じゅうの血が膝の上のほうに向かっていくのを止められそうになかった。エラはただ、彼のほうを向いて息を吸うだけでよかった。マットはすぐにでも始めたくてうずうずした。

エラの舌が戯れるように耳の後ろに触れ、全身に熱い震えが走る。エラを膝にのせたまま、マットははじかれたように立ちあがった。エラは腰にまわした脚を足首で固定し、そのまま二人は寝室に行った。

ベッドはエラのクローゼットに入っていたもので、ほとんど埋めつくされていた。マットはスーツや靴を手当たりしだいに脇によけ、彼女と愛を交わす場所を確保しようとした。ありがたいことにエラは小柄だ。三回ほど腕を振りまわしただけで、上掛けの一部が見えてきた。エラを雨蛙《あまがえる》のようにしがみつかせたまま、マットはベッドの縁に膝をついた。

だが、膝をついた場所が悪かったらしい。マットはバランスを崩し、エラともども床に投げ出された。固いものが頭に当たり、彼の目の奥で火花が散った。

「ああ、くそっ」

「まあ、大丈夫？」エラはベッドから垂れ下がっているコートを懸命に押し戻した。転倒の原因を作ったのは、このコートのライニングだ。

マットは身を起こし、頭の後ろのこぶをさすった。

「軽い脳震盪《のうしんとう》を起こしただけだよ。誰かにものを持ちすぎだと言われたことはないのか?」

エラは彼の後ろを掘り返してスノーブーツをつかむと、眉をつりあげてみせた。「氷はいる?」

頭を振ろうとしたとたん、マットは痛さにうめいた。「大丈夫だ。何に頭をぶつけたんだ?」

「秘密よ」

マットの頭を痛めつける原因となったものは、箇単に見つかった。Tシャツの山の下に、額に入っていないキャンバスが何枚も積み重ねられていたのだ。

「これだな」

「マット、待って――」

マットはいちばん上の一枚を引き出し、表に返した。それはシカゴのバッキンガム噴水を描いた水彩画だった。夕暮れのショー特有の明かりや噴き出す水が印象派のスタイルでとらえられている。

「それは、その……」エラは口ごもったあと、黙りこんだ。マットと目を合わせようとしなかった。

「赤くなっているな。エル、君が赤くなるとは思わなかったよ」マットはエラを愛称で呼んだ。

唇を噛《か》んだエラは明らかに当惑していた。

画家のイニシャルが右側の隅に書かれていた。E・A・M。エラ《E》・オーガスチン《A》・マッケンジー《M》だ。

「この絵は全部、君が描いたものなのか?」

エラはますます赤くなり、頬のピンクが深みを増した。「趣味のようなものよ」エラはマットが持っているキャンバスに手を伸ばし、山積みの荷物の前に大事そうに移動させた。

エラより体が大きかったのは有利だった。マットは彼女の攻撃を巧みに避け、楽々とほかの絵を回収した。絵の専門家ではないマットにも、エラに才能があるのはわかった。シカゴの高層ビル群。ミシガン湖。白い砂浜のコテージ。古典的なものから現代的なもの。それぞれ手法は違うが、どれにも同じ雰囲気があった。そして彼は気づいた。エラが注目したのは、光の動きや光が作る模様だ。「君は光を描いたわけか」

エラはうなずいた。「あなたには驚いたわ、マット。絵画に精通しているとは知らなかった」

「精通してはいないよ。ただ大学で美術の授業を取ったし、勤務してる弁護士事務所がアトランタで芸術家の後援をしているので、少し知識があるんだ。だから、君の絵はすばらしいと確実に断言できる」

「ありがとう」マットに賞賛され、エラは肩の力を抜き、彼がまだ持っている海岸の風景画を顎で示した。「それは祖父母の家よ」

「きれいだ」マットが言うと、エラは自意識過剰気味に小さくほほ笑んだ。「つまり、エル。すごくよく描けているってことだ。どれか売ってみるか?」

エラは声をあげて笑い、キャンバスを再び元どおりに積みあげた。「まあ、そんなことしないわ。遊びで描いているの。絵を描くのは楽しいから。私は副専攻科目が美術だったのよ」誇らしさと当惑が入りまじった声で、エラは静かに言った。

「だったら、ここにある絵が買い手がつくほどすばらしいことはわかるはずだ。君をコンピューターの専門家とは、どうしても思えなかったが、今その理由がわかった。コンピュータープログラムの下に、芸術家の資質を隠していたんだ」マットはベッドに寄りかかり、頭のこぶをさわった。少なくともこぶは大きくなってはいない。

エラはマットレスの縁に座った。指を彼の髪に差し入れ、盛りあがった部分を軽くマッサージする。

「専門家にも芸術的な一面があるのよ。絵を描くのは、いい息抜きだけど、私にとってはすごく個人的なことなの。メル以外、誰も私の絵を見た人はいないわ……そう、彼女とあなた以外は」

「芸術はすべてが個人的なものだ。だからといって、金にならないとは言えない」

「ええ、そうね……」エラはため息をついた。「説明するのは難しいわ」

　エラの魔法のようなマッサージのおかげで、マットの頭の痛みは和らいでいった。エラが体を近づけやすいよう彼は身を乗り出した。「話してごらん」

「絵に描いた場所はすべて、私にとって特別な場所なの。いわばどの場所にも私は愛着を持っている。その対象物への愛がなければ絵には描けない、と言ってもいいわ。それほど自分の思いがこもったものを表に出すのは……自分が丸裸にされるような気がして落ち着かないのよ」

「精神的に裸にされるかどうかは別として、君は職業としてこれをやるべきだ」

「頭のマッサージを?」エラは茶化した。

「絵を描くことだ」

「こんな話をしても信じないだろうけれど、もっと若かったときは、それも考えたの。ハイスクール卒業後はニューオーリンズに行き、自由奔放な芸術家《ボヘミアン・アーティスト》になるという壮大な計画さえ立てたわ」

「実行するべきだったね」マットは目を閉じ、うなり声をあげた。エラの指が首筋を下りていく途中で、凝った筋肉を強めに押したのだ。

　エラは小さく笑った。「アーティストは食べていけない。コンピューターの専門家は食べるのに困らない。私は食いしん坊だから、選択は正解だったわ」

　マットは膝をついて身を起こし、エラに向き直った。「でも、君はアーティストを夢見た……」

「マット、もし私たちがみんな、自分の夢を実現するようになったら、世界がロックスターや宇宙飛行士だらけになるわ。普通の女の子は請求書の支払いをしなくちゃ」

「僕の父は三十年間も、請求書の支払いをするためだけに働いてきたが、そんな毎日にうんざりしていた。人生にはそれ以上に大事なものがあるはずだ」

「でも、真面目に働くのはかなり重要よ」エラの声には鋭いとげがあった。「私の両親は夢に生き、亡くなった。私に何ひとつ残さなかったばかりか、祖父母に請求書の山を残した。祖父母は引退をあきらめて私を引き取らざるをえなかった。無責任よ」

マットは思い出した。去年の春、メラニーとブライアンがアトランタに来たとき、メラニーからエラの家庭事情を聞いたのだ。「そうだけれど――」

エラは片手を上げて制した。「あなたもさっき言ったわ……今はがむしゃらに働いているけれど、じきパートナー弁護士になる。そのときは、家庭を持つつもりなんでしょう。〈ソフトワークス〉は夢見た仕事ではないかもしれない。でも、苦労して得た仕事よ」

「だが、僕は自分の仕事が好きだ。そこが違う」

「それはよかったわね」エラのこんなに冷たく皮肉っぽい口調を、これまでマットは聞いたことがなかった。すぐにエラは立ちあがり、全身から張りつめた怒りを放出しながら、部屋の反対側に向かった。

やがて、マットの脳裏にぴんとひらめくものがあった。「これが、さっきの〝過度な感情の抑制〟と関係している気がするのはなぜかな？」

「トーク番組みたいな分析は勘弁して」エラはぴしゃりと言ったあと、目を閉じて深呼吸をした。「ねえ、あなたがそういうおとぎばなしを信じたがるのはいいし、偉いわ。ただ私は、簡単にはいかないことを身をもって知っているの」エラは彼のそばにひざまずき、温かく小さな手を彼の腿に置いた。「話題を変えましょう。〝面倒はなし〟だったでしょう？　素人心理分析は計画にはなかったわ」

「だが、エル――」

「もう忘れて、いいわね？」

そんなふうにせきたてられては、従うほかなかった。うなずくマットにエラはほほ笑み、キスをした。

ぐっすり眠っているマットの隣で、エラは天井に目を凝らして横たわっていた。マットの腕のなかは暖かく心地がよかったが、次々と取り留めのない思いが浮かび寝つけなかった。

この二日間は現実離れしていた。まるで自分のよりはるかにおもしろい誰かの人生に紛れこんだかのようだった。マットは天からの賜物《たまもの》だった。彼は文句も言わず、メラニーとエラが十年がかりで集めた品々を、いやな顔ひとつせずに梱包《こんぽう》して運んでくれた。考えてみると、この退屈な仕事をひとりでしていたら寂しくて涙ぐんでいたに違いない。

だが、そうはならなかった。偶然か故意か知らないが、思い出の品を梱包する作業の退屈さや、友達や家族同然の人々と別れ、ここから千キロ以上離れた土地に引っ越すという現実を、マットはうまく忘れさせてくれた。ワイン、食事、音楽。そして、幾度となく味わったすばらしいセックスのおかげで、自分がしていることの興ざめな結末を考えずに済んだ。それどころか、人生が快楽主義者のパジャマパーティのように思えた。

もっとも、今夜はさまざまな思いが押し寄せ、エラは胸を締めつけられた。

「眠れないの？」マットの眠たげなかすれた声が、エラの物思いを破った。

「ええ。起こしてしまったのならごめんなさい」

マットはエラの肩に唇を押し当て、彼女を抱き寄せた。「大丈夫？」

今私が快適かどうかを尋ねただけよ、と自分に言い聞かせ、エラはひとつ深く息を吸いこんだ。だが、無駄だった。このちょっとした問いかけが、エラを支えていた最後の壁を崩した。自分がしたことの重大さが胸に響き、エラは大きなため息をもらした。

マットはエラを抱き寄せながら、静かに仰向けになった。エラは彼の胸に頭を預け、努めてゆっくり呼吸をして鼓動を静めようとした。

「話してごらん。どうしたんだ？」

マットは、エラの問題に関わるという契約をしたわけではない。それに、二人が関係を持ったいきさつや、さっきエラが感情を爆発させたことを考えると、心配事を打ち明けるなどもってのほかだ。けれど、なぜか静かで薄暗い環境が、エラの舌をなめらかにした。ともかくこの数日で、マットの明確で冷静な意見を、高く評価するようになっていたのだ。

もちろん、エラは南部への引っ越しを決める前に、メラニーと何十回も賛否を確認し合った。だが、メラニーは、助言をもらう相手として適任ではなかったかもしれない。メラニーはエラがどう答えてほしいか知っていたし、エラはメラニーがどう答えるか知っていた。だから、何度も意見を戦わせたあとはいつも気分がよくなったが、目新しい答えはほとんど得られなかった。おまけにメラニーはエラを知りすぎており、コメントには客観性が不足していた。

マットは逆に、客観性だけはある。それはときとして腹立たしいが、役には立つ。

「何もかもが一度に起こったでしょう。だから、ちょっと、圧倒されているの」

「考え直したのか？」

「そうじゃないわ。今度の仕事は、私にとって大きなステップアップなの。この職を得るために、何年も働いてきたわ。またとない機会なの。〈ソフトワークス〉は私が生まれ育った場所にとても近かったから、故郷に戻れというお告げだと思ったの。おまけに、メルも結婚して出ていくことになったし。でも、私はここで十年以上暮らしたわ」ひとたび話し始めると、エラはあふれ出す言葉を止められなかった。「フォート・モーガンはちっぽけな町よ。そして、ペンサコラだって大都市とは言えない。ビーチはすてきよ。それに、ええ、気候が温暖なのは大きな利点よね。でも、退屈しないかしら？」

「だったら、なぜ仕事を引き受けた？」マットの声は静かだったが、エラの心をなだめた。

「またとない機会だからよ」

「確かにそう君は言った。でも、さほどうれしそうではない。ここでも同じような仕事は見つけられるはずだ。シカゴに残りたいなら、そうすればいい」

「実際、残る理由は何もないのよ」

「友達は？　メラニーと離れていいのか？　彼女は君にとって家族のようなものじゃないか」

「メルも今は結婚したわ。前に進んでる。ブライアンを得て、すぐに家庭生活を始めたがってる……」

マットは場所を移動し、彼女の顔を自分のほうに向かせた。窓から差しこむ薄暗い街灯だけでは、エラにはマットの顔はぼんやりとしか見えない。だが、彼の口元の影で、笑っていないことだけはわかった。

「精神分析医気取りだと思うかもしれないが、〝メルはもう私のために割く時間がなくなるから、ここを出ていく〟と言っているように聞こえるよ」

まあ、またそんなことを。「マット、誓うけれど……」マットの腕を振りほどいて立ちあがる。大丈夫かときかれたとき、寝ているふりをすべきだった。

「最後まで聞けよ。君は、本当は望んでいない仕事についたほうがいいと――」

「望んでいなくても、仕事としては最高なの」

マットは両肘をついて身を起こし、からかうように眉を上げた。「ともかく、君はその仕事を熱望しているわけではないらしい」

マットが執拗《しつよう》に仕事に対する熱意を探ろうとするので、エラはいらだちで自分の髪を引き抜きたくなった。彼のこの執念はどこから来てるの？「〝理

「問題の焦点をずらさないでくれ」

エラの頭が痛み始めた。今度こそ我慢の限界だ。

「この問題を議論できるほど、私たちはお互いをよく知らないと思うの」

「嘘《うそ》だ。僕たちはお互いを充分に知っている」

まったくそのとおり。「ともかくやめて。この話はしないで。午前二時に心理学の御託は聞いていられないわ」エラはきびすを返してドアに向かった。

「どこへ行くんだ？」

「ソファよ。助言をありがとう。でも、真夜中に引っ越しのことを考え、急に憂鬱になっただけ。ゆっくり寝たほうがよさそう。あなたも寝て、マット」

「エル――」

エラは後ろ手にドアを閉めると、ため息をつきながらソファに腰を下ろした。寒さから身を守ろうと、膝掛けを体に巻きつける。エラは目を閉じ肘掛けに頭をもたせかけた。深呼吸して、気持ちを静めよう想的な仕事〟に話を戻すつもりじゃないわよね？」

「君の生い立ちを考えると、捨てられる恐怖があると聞いても驚かない。だが――」

「なんですって？」ここまで踏みこむのはやりすぎだ。そもそもベッドにいるときにする会話ではない。ローブは浴室にかけたままだった。エラはベッドを出て浴室でローブを着てくると、腰紐《こしひも》をしっかり結び、マットに向き直った。

マットにうろたえた様子はなかった。政治について議論したときと同じ表情をしていたが、今度は挑むような表情にも気遣いが感じられた。「君は話の持っていき方がうまい。だが、僕は降参しない」

この会話は手に負えなくなってきた。「なぜ女性は〝捨てられる恐怖〟とか〝約束で縛りたがる〟傾向があり、男性は〝独身でいたがる〟となるの？男性は仕事優先が許されるのに、女性が仕事を優先したら、欠陥があるに違いないというわけ？」

とする。私の頭のなかを執拗に探ろうとするマットに、いらだってはいけなかった。もっとも、言うのは簡単だが実行するのは難しい。

「僕は帰ったほうがいいのかな?」

片目を開けると、ボクサーショーツ姿のマットが居間のドア枠にもたれていた。「帰りたいの?」

「まさか」マットは首をかしげ、エラにほほ笑みかけた。「でも、君がソファに寝ていたら、僕がここに来た目的は達成できない」

エラの心に残っていたわだかまりが一挙に晴れた。

「そうね。あなたもソファに来たら?」

マットは彼女の両脚をつかんで場所を空けると、そこに座り、脚を自分の膝の上に置いた。「兄のルイスはセラピストなんだ。その影響を受けたのかな。ルイスに言わせると、僕は問題を解決しようという強い欲求を持っているらしい。それが頭をもたげると、我慢できないほど高飛車になり、無骨になる」

確かに。「ルイスの言い分には一理あるかも」

「ああ、でもそのおかげで弁護士として有能だ」マットは温かな手でエラのふくらはぎを撫《な》でた。「さあ、僕を追い出すか、二人でベッドに戻るかだ」

それは宣言に近かった。お願いベッドに戻って、とエラは言わずにはいられなかった。内心、彼にとどまってほしかったからだ。ベッドに戻ってから数分で、いらだたしい男性の見本のようにマットは眠りに落ちた。逆にエラはいつまでも寝つけなかった。

マットは小声でつぶやき横向きになると、エラを後ろから抱きかかえた。温かな両腕が、エラに安心感を与え、大事にされていると感じさせる。エラは閉所恐怖症に似た感覚がわき起こるのを待った。いつもはその感覚が、エラを軽いパニック状態に追いこむのだ。だが、何も起こらなかった。

満足して体の力が抜け、くつろいだだけだった。

まずい傾向だ。

6

「お兄さんたちの話を聞かせて」

マットは、フレームに入った写真を新聞紙にくるむ作業をやめ、目を上げた。「なぜだ？」

「あなたの家族に興味があるの。あなたがあまり話してくれないから」

マットは肩をすくめた。「僕の家族は大人数で、騒々しく、ありがたいことに遠く離れたところに住んでいる」

「真面目に答えて」

「いたって真面目だよ」

答えを待つエラにかまわず、マットは包んだ写真を箱に入れ、蓋を閉じた。マットは家族について、話のついでにしか語っていない。そして、彼の家族に興味津々なのを、エラは認めざるをえなかった。

結局、マットは一週間エラと過ごすために家族に嘘《うそ》をついたことになる。だが、家族について触れるときのマットの優しい声音で、両者のあいだに深刻な亀裂がないことは察しがついた。

「で？」何も言わないマットに、エラは促した。

「何を言ったらいいのかわからないよ。兄たちは単なる僕の家族だ。ともかく、君はすでに彼らの情報を相当つかんでいるらしいし」

「私が知っているのは、メラニーがブライアンから聞いてきたことだけよ」

「僕の見たとこ、メラニーは結婚相手の家族のほうを心配したほうがいい」マットはぶつぶつと言った。

エラが彼の腕をたたくと、マットは大げさに腕をさすって痛がってみせた。「私はブライアンの家族が好きになったわ。メラニーの家族もよ。だから、の家族も、彼のところみたいなのかと思ったの」エラは肩をすくめた。「でも、話したくないのなら、その気持ちを尊重するからいいわ」

「〝気持ちを尊重〟?」マットは声をあげて笑った。

「もちろん」エラはとびっきりの笑みを浮かべ、南部なまりで答えた。「私は誰かさんと違って、相手が話したがらないことを無理に聞き出そうとしたり、自分に無関係のことをほじくり出そうとしたりしないの」

マットはふふんと笑った。「君が大家族の出でないのは、明白だ。無理につついたりほじくり出したりするのは、取り引きには不可欠な要素なんだ」

それでもエラがほほ笑んでいるので、ついにマットは目をくるりとまわしてため息をついた。「わかったよ。僕の家族の話をしよう」

マットは家族の歴史を説明しながらも、細部は隠した。それはある意味、エラがこれまで想像もしなかったあなたの家族にも興味があるの」

「じゃあもう一度きくよ、なぜだ?」

「会話をするには、何か話題が必要でしょう?」

「だったら、野球について話そう」

「あなたと、シカゴ・カブスとシカゴ・ホワイトソックスについて議論する気はないわ」エラはため息をついた。「私には家族がいないの。母や父のこともほとんど覚えていないし、母の家族がどこにいるのかも知らない。父はひとりっ子だった。だから家族は祖父母だけ。大家族のなかで育つという空想は、ただ……」まあ、話しすぎだわ。エラは咳払《せきばら》いをした。「メラニーの家族に紹介されたときは、衝撃的だった。さほど大家族ではないのに」

「だったら、ブライアンの家族に会ったときは、本当に目を見張っただろう」

「ブライアンの家族は、映画から抜け出てきたみたい。あなたはブライアンとご近所でしょう。あなたかった話だった。マットの家族が、彼をいらだたせ苦しめたのは明らかだ。最年少のマットは、大勢の不満のはけ口にされてきたのだ。だが、彼が家族全員のことを心底気にかけているのは確かだ。距離は離れていても、心はいつも両親や兄たちに寄り添いつづけてきたのだろう。

話を聞いたおかげで、マットの人生に対する向き合い方がずいぶん理解できた。彼は有事の予防策を持っている。〝もしこうなったらどうしよう〟と思い悩む必要はないのだ。誰かほかの人間が背後にいてくれれば、周囲のことに異常に几帳面《きちようめん》にならずに済む。

「まったく、エル、君が質問したくせに」

エラが向き直ると、マットが途方に暮れた顔で彼女を見ていた。「ごめんなさい、何?」

「僕の家族について知りたがったのは君じゃないか。なのに、ぼんやりしてるのはどういうことだ?」

「すてきな家族だわ」

「みんなも君が気に入ると思うよ。アトランタに戻ると母に言っただろう。突然家に顔を出して母が心臓発作を起こす心配がなければ、君を実家に連れていくんだが。父は南部なまりをずいぶんと気に入っているし、母は料理が得意だ。ほんの短い間、少人数で会えば、かなりいい人たちなんだ」

マットの家族に会うことを考え、エラはそわそわと身じろぎした。それは計画に入っていない。エラは慌てて話題を変えた。「あなたを引き止めたせいでご家族との時間を奪ってしまい、申し訳なくて」

マットがエラににじり寄ったので、新聞紙がかさかさと音をたてた。「だが、君のほうが家族よりはるかに興味深い。顔もかわいいしね」マットは、エラが思わず爪先を丸めてしまうほどたまらないキスで、その言葉をさらに強調した。そして顔を上げ、居間を見まわした。「この部屋もかなり片づいたかから、休憩を取らないか?」

エラはマットの視線の先をたどった。本はまだ本棚に並んだままか、山積みされているかだ。写真や小間物もまだ梱包《こんぽう》や箱詰めの必要がある。ほとんどメラニーのものだ。「片づいてるにはほど遠いわ」

「充分それに近い」マットはエラの首筋に鼻をこすりつけた。「それに、さっき家具を動かしただろう。シャワーを浴びたいな。君も一緒に浴びるかい?」

泡だらけのマットの姿を想像し、エラは何も見えなくなった。くすくす笑う彼女を、マットは引っ張り起こし、浴室に引きずっていった。マットは浴槽に湯を入れ、エラはジーンズを脱いだ。

「君の家のシャワーブースは、町でいちばん小さいな。狭くて一緒には入れないよ」

「狭いのは、悪いこととは思えないけれど」エラはシャワーブースに入り、カーテンを閉めた。二人はほんの数センチの距離に接近していた。


マットはエラをシャワーの下に立たせ、胸を伝う湯を指でたどった。「君の言うとおり悪くないな」

この調子では、荷造りは間に合わない。それでも、このときばかりはエラも計画を優先し、楽しみを犠牲にするつもりはなかった。

家財道具の荷造りはどうにかすべて終わり、金曜の朝、引っ越し業者が到着したときには、運び出すだけになっていた。四人の男たちは部屋中から猛烈な勢いで荷物を運び出し、エラの大事なものを次々とトラックに詰めこんでいった。

ところが、引っ越しのトラックが行ってしまうと、アパートメントは生気が失われたようだった。床に置かれたいくつかの箱とメラニーの弟たちが運ぶ予定の家具を除けば、どの部屋も音が反響しそうなほど空っぽだった。エラはマットとともに居間の壁に寄りかかり、この先しばらくは食べられそうにないシカゴ風ホットドッグ《シカゴドッグ》にかぶりついていた。

エラは、味や舌触りを楽しみながら、食事に集中した。これ以上一秒でも思いを巡らせたら、泣いてしまいそうだった。涙がこぼれそうなのは、ここを発《た》つから。傍らの男性と面倒な事態になっているからじゃないわ、とエラは自分に言い聞かせた。

ときおりエラはその言葉を信じそうになった。

朝からずっと、マットはいつになく静かだった。そして出会って以来初めて、二人の会話が堅苦しくなった。たぶん、これはよい兆候だ。二人がそれぞれの道に戻るしるしだし、そうなればたやすく別れられる。しかし今回、エラは別れを待ち望んでいなかった。

「アトランタはフォート・モーガンからそう遠くはないよ」

エラは喉をごくりとさせ、最後のホットドッグをのみこんでから答えた。「七時間くらいかしら」

「あるいは、飛行機で一時間だ」

エラはごみを集め、飲み物を飲み干した。「この問題はすでに片づいているはずよ、ここまでと約束したわ。これ以上深入りするのは、よくないわ」

マットはゆっくりとエラがいる場所に侵入し、彼女を床に押し倒した。そして、片脚でエラの体を押さえ、指にエラの髪を巻きつけた。エラの脳裏に、初めてアパートメントで過ごした夜の情景が浮かんだ。二人はほとんどそのときと同じ場所、同じ床にいた。ただし、あのときは、ラグが敷いてあった。

「悪いが、僕は違う意見だ。それには同意しない」

「どうしたのよ？　〝君も僕も元の生活に戻ればいい〟と言ったくせに」

「ああ、ケーキをぶんどって食べるためなら、男はなんとでも言うものだよ。あれは、君と親しくなる前に言ったことだ、エラ。君には中毒性がある」

マットにそう言われ、エラの心臓は激しく打った。

これは思っていた以上に大変なことになりそうだ。エラは努めて明るい声で言った。「でも、セックスのために出かけるにはアトランタは遠すぎるわ」

マットの目が厳しさを増した。そして、エラは、彼のこわばった口元に、かすかに失望の色がにじんでいるのに気づいた。だが驚いたことに、マットはエラの意見を聞き流した。「僕の事務所は、人気のコンサートや舞台のチケットを確保している。それも、結構いい席だ。REMのコンサートが来月ある。数日、アトランタに来ないか?」

エラは、ロックバンドのREMの熱狂的なファンだと話し、マットにしつこくからかわれた。今彼女は、チケットと彼との熱い夜に魅了され、イエスと言ってしまいそうだった。「仕事を始めて数週間で休みを取るのを、新しい上司は了承しないわ」

流れるようなすばやさで、エラのシャツが頭から脱がされた。マットはエラの鎖骨に唇を押し当てると、エラのジーンズのスナップを外し、彼女に誘いを受けるよう促した。「優先事項を考えるんだ、エル」マットは唇でエラの鎖骨を探りながら、つぶやいた。彼の手は驚くべき手際のよさでブラジャーのホックを外し、ジーンズを脱がせていく。そして、エラはすぐ冷たい床が素肌に触れるのを感じた。

もっとも、エラが生まれたままの姿になると、マットの動きはゆっくりになった。魔法のような効果をもたらすよう、彼は両手を拷問のように緩慢にエラの肌にはわせた。これはすぐに終わってしまうセックスではない。そしていつもどおり、マットはエラから思考力を奪った。エラは抵抗をやめ、マットが与える興奮に身をゆだねた。

マットの愛撫《あいぶ》でエラの肌は熱く燃えあがった。数秒とたたないうちにエラは哀願し、マットは彼女の体に身を滑りこませた。快感に全身を貫かれ、エラは背中を弓なりに反らした。彼の腰に脚をからめ、マットに最終的に奪われる準備を整える。

マットが動きを止めると、エラは彼のヒップに手を伸ばした。じらしている場合ではないのに。エラはひどくせっぱつまっていた。マットはそれでも動かなかった。エラが目を開くと、マットが一心に見つめていた。チョコレート色の瞳にからめ取られ、エラの胃はよじれた。

「これで終わりじゃないぞ、エラ」

そう宣言するなり、マットはキスでエラの唇を封じた。そして、エラのまぶたの裏に火花が散るほど、深々と身を沈めた。マットの言葉で受けたショックを、喜びが打ち崩していく。マットがエラの名前を耳元でうなるように叫んだとたん、彼女の体を疾風のような歓喜が突き抜けた。あまりにも鮮烈なその感覚に、エラは興奮し同時に恐怖を覚えた。

マットは〝終わりじゃない〟と言った。

終わりにしなくてはいけないのに。


「もう行かなくちゃ、マット」エラは彼の抱擁から抜け出し、腕時計を見た。「今度こそ本気よ」

この二時間、エラは同じ言葉を言いつづけていたが、実際には、ドアまで進んでいなかった。エラにはこれから長時間の運転が控えている。そう思うと、マットは彼女を行かせるのは気が進まなかった。そこで、あらゆるテクニックを駆使して、エラを引き止めにかかった。明日、彼が乗る飛行機が出発するまで、むなしい時間は続くだろう。身勝手と知りつつ、マットはエラをできるだけ引き止めたかった。

きっと、今度こそ潮時だと言うつもりなのだ。エラはソックスと靴を履き、二人のあいだに注意深く距離をおいた。引き止め作戦に負けたマットは、シャツのボタンを留め、靴に手を伸ばした。

マットは立ちあがり、手を伸ばしてエラを起きあがらせた。沈黙が二人のあいだにたれ込め、エラは居心地悪そうに身じろぎした。

「そう、これでいいわ」エラはひとつ深呼吸した。「これですべて片づいたはず。ブライアンのところに鍵を預けてね、あとの面倒は見てくれると思う」

「任せてくれ」エラが目を合わせようとしないのが、マットは気になった。「携帯電話はあるか？」

エラはため息をついた。「ええ。それに、ホテルやレンタカーの割引がきいたり、車の修理も頼めたりするトリプルAのメンバーにもなっているわ。私は大人なのよ、マット。運転くらいできるわ」

「わかっている。ただ、すごく長いドライブだから」エラがひとりであれほどの長距離を運転すると思うと、マットはいやだった。「車の点検は済んでいるのか？　ガソリンは？　タイヤは？」

「まあ、お願いだからやめてよ」エラは芝居がかった様子でため息をつき、玄関に出る階段に向かった。

マットは彼女のすぐ後ろをついてくる。

「真面目な話、点検はしたのか？」

マットに追いつかれる前に、エラは車まで着いた。エラが何も答えようとしないので、マットは腕組みして運転席のドアにもたれ、彼女がドアを開けられないようにした。それでも、エラは何度か強引に開けようとしたが、大柄なマットには勝てなかった。

「エラ、車の点検はしたのか？」

「もちろんよ。あなた、私を間抜けだと思っているの？」エラはマットを鋭くにらんだが、彼がそれでもどかないので、しぶしぶ認めた。「そうしていればいいわ。ええ、マット。点検はしたわ。先週、車体の点検を済ませたばかりよ。ついでに言うと、あなたのお兄さんのお店で」眉が挑むように上がる。

その言葉でマットの機嫌はいくらか直った。ジョシュは、整備不良の車にエラを乗せるようなまねは、絶対にしないだろう。

「満足した？」

マットはまだ満足したわけではなかった。だが、ドアにかけていた体重を移動させたので、エラはドアを開けバッグを投げこむことができた。マットは、エラが車に飛び乗り、勢いよく走り去るのを半ば覚悟した。だが、彼女は午後の日差しに目を細め、車にもたれて様子をうかがっている。

そしてジャケットのファスナーを上げ、ポケットに手を突っこんだ。「さあ、いよいよね」

「そうみたいだね」

「あなたのおかげで、この一週間を乗りきれた。どうやって感謝の気持ちを伝えたらいいかわからないくらい」

「だったら、伝えなければいい」マットはエラの感謝など欲しくなかった。マットが両手を開くと、エラは躊躇《ちゅうちょ》せずにその腕に飛びこんだ。そうこなくっちゃ。

マットの胸に顔を押し当てていたので、エラの声はくぐもっていた。「どうさようならを言ったらいいのかわからない」

エラの声ににじむ断固とした色が、マットの不意をついた。「まるでこれきり会えないみたいに聞こえるよ」マットは慎重に言った。

「正直に言うと、マット、これきりだと思うわ」

マットは穏やかな声を保とうとした。「なぜ?」

「現実的になって」

エラは複雑な性格だが、マットはこの一週間で彼女についてかなり理解した。エラは多くの問題を抱えており、いくつかは深刻だった。だが、マットはそういう部分も気にならなかった。この一週間をなかったことにするのは気が進まない。

だが、エラはバックミラーでマットを確認するのを待ちきれないらしい。それは彼の自尊心を大いに傷つけた。

マットは慎重に言葉を選んだ。「友達になるのは、非現実的かな？」

エラはため息をもらした。「必ずしもそうとは言えないけど。ひどく面倒なことになるわ」

エラの言うことには一理あった。「ああ、そうだな。アトランタは――」

「〝たった一時間の距離〟よ」エラは声をあげて笑い、上体を反らしてマットを見あげた。「でも、実を言うとメルのことが気になるの」

こともあろうにメラニーとは。〝面倒なこと〟にメラニーが入るとは想像もしなかった。「この件でメルがどう関わってくるんだ？」

「メルに私たちの関係を知られたくないの。つまり、今週何があったかをね。あなたの結婚式にメルを招くにしろ招かないにしろ、私を引っかけたことは話さないほうが賢明よ。メルは年のせいか、ひどく独善的になってしまったから」

「君は大人だ、エラ。メルの許可はいらない」

「ええ、だけど、説明できそうにない厄介な事態に……」

「それが唯一の紛争の的なら、メルに話すな」

「でも、メルは――」

マットはエラを揺すぶって正気を取り戻させたかった。「僕たちはここで楽しいときを過ごした。僕は君に結婚を申しこむつもりはないが、ドアをたたきつけて閉め、二度と会わないふりはしたくない」

「セックスフレンドになろうという提案？」

そういう言葉を考えつくのは、エラくらいのものだ。この女性は女王のように超然とした態度を保ち続けている。「今のところはそう言ってもいい」

マットは、エラのためらいを感じた。

「その、それは……つまり、もしかしたら……」

強要したくなかったので、マットはただ口ごもるエラに何も言わず、彼女の凝り固まった背中の筋肉をもみほぐした。しばらくすると、エラは上体を反らし、にっこりして彼を見あげた。

「私の携帯の番号は知っているでしょう。ときどき電話して。どうなるか様子を見ましょう」

なるほど。いくらか脈はありそうだ。マットは笑みを返し、身をかがめてエラにキスをした。キスが熱を帯び、燃えあがり始めると、マットは昨日のようにエラを抱いて階段を上りたくなった。

「行かなくちゃ。でも、この一週間のおかげで華々しい門出を迎えられたわ」

体がエラの言葉に反発したが、マットは彼女を解放した。「じゃあ、また。気をつけて運転しろよ」

エラがクラクションを鳴らして走り去ったあと、マットは残りの時間を、シカゴでどう過ごすか自問した。一週間前は、昔なじみや兄たちと夜遅くまでビールを飲み明かす計画だった。だが今、彼はその計画にどう努力しても興味が持てなかった。

マットはエラのアパートメントの鍵を閉めると、六ブロック離れたブライアンのアパートメントまで歩いた。家族はマットがアトランタに戻ったと思っているので、兄たちに電話はできない。それに、なぜ嘘をついてまで実家を避けたか母親に説明しようとすれば、とんでもない目に遭うだろう。

ポケットのなかで携帯電話が振動し、マットははっとした。日曜日から切っておいた携帯の電源を、ようやく今朝入れた。電源を切っているあいだにどこから何度電話があったか、誰からメールが来ているかは、まだチェックしていない。マットはエラに夢中になりすぎて、オフィスで自分を待ち受けている仕事を完全に忘れていた。オフィスの番号が表示されているのを見て、現実に引き戻された。

電話の向こうのアシスタントは、逆上寸前だった。

「いったいどこにいたんです？　シカゴ警察に電話をして、行方不明者として届け出るところでした」

今週生まれすっかり慣れ親しんだ、けだるくつろいだ気分が、消え始めた。「長い話なんだ、デビー。何があったんだ?」

「何があった?」デビーの声は二オクターブ高くなった。「クーパーとの契約の途中で、いつの間にかいなくなったうえ、確認の電話もしなかったじゃありませんか。なのに、〝何があった〟ですって?」

そんなわけでマットの休日は正式に終わった。

遠ざかっていくシカゴの高層ビル群をバックミラーで見たとき、エラは考える時間ができた。隣で息をするだけで、マットは陶酔に満ちた混乱状態を作り出した。今、それから離れ、エラは頭をはっきりさせようとした。

ゆっくり思考力が戻ってきた。

たとえ基本的にはベッドだけの友達にしろ、マットが突然、二人のあいだにさも何か特別なものがあるようなふりをし始めたことに、最初エラは戸惑った。だが、ひとたびすばらしいセックスの余韻が薄れ始めると、わかってきた。いくらかは。

これまで何年も噂《うわさ》に聞いてきたマットと、この一週間一緒に過ごしたマットを一致させる作業は、頭が痛くなるほど大変だった。私自身が、マットのタイプだとは思えないという事実を別にしても、メラニーの話では、マットは仕事中毒《ワーカホリック》で、性急に誰かひとりに縛られる気はまったくないらしい。

筋道立てて考えると、メルのその言葉でかなりの説明がつく。私は彼にとって〝安心〟な存在なのだ。私ならマットの希望を脅かす心配がない。目下の生活スタイルやパートナー弁護士になるという計画。そして、五年後あたりにかわいい女の子を見つけて落ち着きたいという計画を、私になら邪魔されずに済む。

マットの提案にぐらっときたのも、それが理由かもしれない。結局、マットは私に大した期待はしないだろう。だから私のほうも、自分が与えられる以上のものを彼から期待される心配をせずに済む。マットは私にとっても、かなり〝安心〟な存在だ。ときどき性的な欲求を発散するために、一時間ほど飛行機でアトランタに赴くのも、悪くない気がしてきた。たぶんメラニーとブライアンには、よけいな部分は黙っていられるはず。

何ばかなことを考えているの？　家に戻ったら、マットは気づくだろう。私たちの関係はちょっとしたお遊びにすぎなかったと。私のことはすぐに忘れ、五カ年計画を実現させるために邁進《まいしん》するだろう。

客観的になろうと努めながら、そのほうがずっと展開としてはましよ、とエラは自分に言い聞かせた。ごたごたはまったく起きない。

だったら、なぜこんなふうに感じるの？

エラは首を横に振った。いつからこんなぞっとするような自己精神分析が必要になったの？

ずっと面倒なことは避けてきたのに、今、エラは面倒事の真っただ中にいた。

自分をしっかり制御しなければ。さもないと、本当に心理分析を受けざるをえなくなるだろう。

いつの間にか町の景色はどこかへ消え、木々が茂り、丘が続いていた。そして、エラは思いがけず、〝ケンタッキー州へようこそ〟の看板を発見した。

窓を開け、冷たい夜の空気で頭のもやを追い払おうとした。これが現実だ。エラは家を、新しい人生を目指して走っていた。先週のことは楽しい思い出として記憶に残そう。

楽しい一週間だった。実際、驚くほどだ。でも、現実的にならなくては。

なんの危害も加えられていないし、下劣なこともしなかった。誰の心も壊れていないし、気持ちも傷ついていない。

今はただ、マットのことを頑張って忘れなくては。

7

日没直前の陽光を楽しみながら、エラは砂浜を散歩した。太陽は今まさに水平線のかなたに沈もうとしている。秋が深まるにつれ気温も下がり、足に打ち寄せるメキシコ湾の波はひんやりしていた。いつものように、隣家の飼い犬ロスコーが一緒だった。生後八カ月のグレートデンの子犬ロスコーは、波打ち際まで走り、鴫《しぎ》や鴎《かもめ》にひとしきり吠《ほ》えては、またエラのもとに戻ってきた。今日はハロウィーン後の金曜日。夏は公式には終わっていたが、暖かさと旅行代金の安さに引かれ、数人の旅行客が冬の到来する前の最後の長い週末を謳歌《おうか》していた。

雪が多い州から殺到する冬の旅行客について考えたとき、エラはシカゴとメラニーのことを思い出した。そしてすぐ、思いはいかにも中西部の人らしいひとりの男性に移った。この三週間、マットのことが片時も頭を離れない。何かに集中しようとすると、彼はいつも心に忍びこんできた。

引っ越しトラックが帰ってから二日ほど、エラは新しい仕事に没頭した。ソフトウェア設計の仕事は、夜な夜な苦しめられるホームシックの最高の治療薬だと思ったからだ。もっとも、〈ソフトワークス〉はエラをやる気にはさせたが、仕事はなんの満足感ももたらさなかった。そしてエラは、彼女の選んだ仕事に不満の種を植えつけたマットを責めた。

マットがいやに真面目に〝友達になろう〟とメールしてきても、悩みは解決しなかった。マットは電話ではなく、楽しいメールでエラを口説いてきた。そして、エラ自身驚いたことに、マットの名前を受信箱に発見するのが楽しみになり始めた。自分も彼に思わせぶりなメールを返し、それを楽しんでいた。

少なくとも先週、マットがニューオーリンズで会議に出席する予定だと言ってくるまでは。彼はエラに、週末、車でニューオーリンズに来ないかと誘った。おかげでエラの仕事はずいぶん停滞した。アトランタにいるマットに口説かれるのは安全だが、彼と実際に顔を合わせる心の準備はまだできていなかった。

「どう思う、ロスコー？　ニューオーリンズに行くべきだったかな？」疲れたようにエラの傍らを歩いていた黒い子犬が、名前を呼ばれて顔を上げた。エラはロスコーの頭を軽くたたいた。「つらい誘惑だわ」

ロスコーは話し相手としては役に立たなかったが、よい聞き手だった。マットへの思いが混乱している今はなおさらだ。

エラはマットが好きだ。マットもエラを気に入っている。ほかの人間ならいとも簡単だろうに。マットからのメールを受け取るたびに、エラは少しずつ危険な領域に足を踏み入れていた。二人は今では本物の友達になりつつある。そんな計画はエラにはなかった。

マットを忘れるどころか、エラはますます彼と仲よくなっていった。そして、自分の防御壁をほとんど崩してしまった男性を常に思い出す羽目になった。

メラニーにいつもけなされる防御壁は、エラの正気を保ち、人生の礎になるものだった。ごく普通の人生を送っているエラにしてみれば、マットは手に負えない危険な人だ。マットとのことは、楽しい幕間《まくあい》の余興であり夢物語。未知の世界に足を踏み入れるのは楽しいが、現実はあまりにも複雑で、夢想している暇はなかった。

ニューオーリンズで会おう、というマットの誘いに応じなかったのは、まさにそれが理由だった。マットは早朝のメールでエラを誘った。〈ソフトワークス〉の仕事が忙しすぎて休めない、とエラは説明したが、説得力に欠ける言い訳だった。マットに見抜かれたに違いない。

「今さら遅いわよね、ロスコー？」

だがロスコーはエラを無視し、名前を呼ばれても耳を上げようとすらしなかった。それからいつもとは違う吠え声をあげると、突然、砂丘の向こうにあるエラの家に向かって板張りの歩道を走り出した。

見晴らしがきく場所にいたエラには、家の裏のポーチに男性が立っているのが見えた。ロスコーの気を引いたのはあの男性だ。たぶん道に迷ったのだろう。旅行者が道に迷うのは、決して珍しくない。

ロスコーの吠え声に注意を引かれたのか、男は声のするほうに振り返った。犬を見つけ、ロスコーがいる浜辺のほうに向かって歩き出す。ようやくそのとき、エラにも、男性の顔がよく見えてきた。そのとたん、エラの心臓は止まりそうになった。

マット……。いったいここに何をしに来たの？

彼に大声で呼びかけられ、エラはなんとか平静を保とうとした。招きもしないし、週末の誘いさえ断ったのに、マットは押しかけてきた。エラは彼に怒りをぶつけたかったが、心のどこかでわくわくしていた。

「やあ、エル」

冷静にね。「マット、元気だった？」エルは頬に軽いキスを受けた。「ここに何をしに？」

マットは声をあげて笑った。「君に会えてうれしいよ。僕は……おっ！」

依然として興奮して吠えまくっていたロスコーが突然マットに飛びかかり、両の前足を彼のズボンのファスナーにかけたのだ。マットは犬の前足をつかんでそっと地面に置き、しゃがみこんで犬を撫《な》でてやった。ロスコーは自分に関心が向いたので大喜びし、仰向けになってかまってもらおうとした。マットがおなかを撫でると、犬は感極まった顔で大きな頭をのけぞらせた。

「この子の名前は？」

「ロスコーよ。通りの向こうに住んでいるモリーの犬なの。浜辺を散歩するときはいつもついてくるのよ」エラの声で、ロスコーは忠誠を尽くすべき相手は誰なのかを思い出したらしい。なんとか立ちあがり、彼女の隣に立った。エラは彼女の家とほとんど同じ造りのブルーのコテージを指した。「さあ、家に帰りなさい」

ロスコーはうなだれてエラの言葉に従った。

マットはジーンズについた砂と犬の毛をはたき落とし、立ちあがった。「いいところだな」

エラは腕組みして、ポーチの手すりに寄りかかった。「無礼を承知でもう一度きくけれど、ここに何をしに来たの？」

マットは、エラに眉を上げてみせた。「そうだな、よく言うだろう？〝もしモハメッドが山に登ろうとしないのなら〟って……」

「言ったでしょう、今週末は忙しいのよ。知ってのとおり、仕事で」

「ああ。だが、君はひどい嘘《うそ》つきだ。たとえメールでついた嘘でもね」

ということは、やはり気づいていたのね。エラは肩をすくめ、ポケットを探ってドアの鍵を捜した。

「そんなに見え見えとは気づかなかったわ」

「嘘を見抜くのは仕事のうちなんだよ、お嬢さん」

彼はにやりとした。「弁護士の職業病だ」

おつに澄ましたマットの顔は、ぴしゃりとひっぱたかれて当然だったが、彼が魅力的すぎて何も言えなかった。それに、マットの訪問で動揺はしたが、喜んでいるのも確かだった。だから、エラはドアを開けて彼を家に招き入れた。

散らかった部屋に通され、マットが当惑で目を大きく見開くと、エラはくすくす笑いをこらえた。家具はしかるべき場所におさまっていた。だが、積み重ねられた段ボール箱や何も置かれていない棚、そして真っ白な壁がマットの不意をついたらしい。

「おい、エル。また荷ほどきしろというのか？」

その言葉にエラは思わずくすっと笑った。「そうね、無料の労働力にはそそられる。特に、あなたは荷造り上手だしね。でも、違うのよ。この家を少し直すつもりなの。ここにずっと住むことになるから。でも、リフォーム業者が来る前に、荷ほどきするのはばかげているでしょう。何か飲む？」

マットはうなずいた。もてなし役を演じるというつまらない行為がエラ自身に何らかの影響を及ぼしていた。マットがいるせいで部屋が小さくなり、興奮に火がついた気分だ。距離――私には彼との距離が必要だ。バーカウンターは、キッチンと居間を分けていたが、仕切りとしては心もとなかった。だが、カウンターの陰に隠れると、エラは少し楽に呼吸できる気がした。

マットはエラとカウンターをはさんだ格好で立ち、家の改装計画表を顎で示した。「今すぐ家の改装に取りかかるなんて、信じられないよ。まず引っ越しの片づけを済ませたいと思うはずなのに」

「祖父母はずっとこの家を増築したがっていたの。寝室をもうひとつ作るとか、ポーチを広げてそこに網戸をつけるとか。キッチンを改装するとか。でも、二人ともお金がなかったみたい。計画は何年も前に立てたのに、結局何ひとつ実現しなかった。〈ソフトワークス〉で働くのは、祖父母の望みを実現させるための費用を稼ぐという意味もあったの」マットはそばでエラを眺めている。そこで、エラは慌てて続けた。「今しかないでしょう？」

「じゃあ、仕事はうまくいっているんだね？」

エラは顔に笑みを張りつけた。「あら、もちろんよ。とても忙しいの。新しいことも早く覚えて乗り切らなければならないし。でも、とてもやりがいがあるし、実際、こんな機会はそうないと思うの」

マットはにたにた笑った。「本当に?」

へまはだめよ。まったく、マットはいつも、私の仕事についてごちゃごちゃ言うんだから。自制心を失わずに、今の状況だけを話すのよ。「ねえ、おなかがすいちゃったわ。せっかく来てくれたんだから、夕食を一緒にどう? 料理をするわと言いたいけど、またも、戸棚に何もないところを見られたわね」

「それより君が何も着ていないところを見たいな」

頬がかっと熱くなると同時に、エラの下腹部のあたりで欲望が渦を巻いた。それはなんとも奇妙な取り合わせだった。エラを当惑させるのと同時に興奮させられるのはマットただひとりだ。

「すてきな場所を知っているの。着替えをさせて」

エラは無理に平静さを装って寝室に行った。後ろ手にドアを閉めるなり、エラは衝動的にドアに頭をぶつけたくなった。これは狂気の沙汰だ。マットとはもう会わないはずだったのに。

まずいことになったわ。

ディナー……。ディナーなら安全よ。正気を保ち、次にどうするか判断できる。

十五分後、エラは自分の考えが甘かったことを思い知らされた。マットの狭いスポーツカーに彼と隣り合わせで座ったのは、とんでもない間違いだった。なぜマットは、普通の人のようにごく一般的な車を借りられないの? 中型車でも車内にはたっぷりスペースがあるのに。まったく。マットが借りたのは小さな赤いスポーツカーで、彼の大きな体がフロントシートの大部分を占領していた。助手席のエラは、マットの体温を感じられるほど、彼と接近していた。体を大きく動かしたら、腕と腕が触れ合いそうで、エラの腕の産毛は逆立っていた。

さらに悪いことに、車内にはマットのかすかな香りがしみついていた。息を吸うたびに香りがどっと鼻孔を伝わり、頭がくらくらした。

エラは瞳を凝らし、浅い呼吸を試みた。

「大丈夫か？」

大丈夫なはずないでしょう。「ええ。あなたのちょうど左手に見えるのがレストランよ」

車が停止すると、エラはマットがドアを開けるのを待たずに外に出た。マットは眉を上げたが、何も言わずに一緒に店内に入った。

店の女主人は、使い古されたボックス席に二人を案内した。マットとのあいだに広いテーブルという緩衝材が入ることに感謝し、エラは席に滑りこんだ。だが、マットの長い脚が脚に当たったときに気づいた。生涯でいちばん長い食事になりそうだ、と。

エラは手を上げてウエイトレスを呼んだ。

「最高に冷たくて特別強い、特大サイズのマルガリータをお願い」

マットは、エラと再会後の計画をあれこれ練っていたが、そのなかにシーフードと格闘する計画は入っていなかった。マットの夢想はいつも、裸で身をくねらせるエラに集中していた。マットが激しく身を滑りこませると、エラはあのすばらしい脚を彼の腰にからませた。なのに目下、マットが撫でまわしているのは固くてとがった蟹《かに》の脚だ。

アトランタに戻り、マットのアシスタントが山のような書類仕事を机に置いたとき、エラとの一件はすばらしい気晴らしで終わるはずだった。けれど、結局、すぐにメールを送りつけていた。エラは決して自分から連絡を取ろうとはしなかったが、マットのメールにはいつも返信してくれた。単なる気取らない友情だったが、それにしては、彼はあまりにも多くの時間をエラを思うことに費やしていた。

〝今週末、ニューオーリンズに来ないか〟という誘いをエラに断られたとき、マットは少なからずがっかりした。マットの頭のなかは、もし会議の最中に思いめぐらせたら赤面するようなエロティックな妄想でいっぱいだった。突然、家の前のポーチに現れ、エラを驚かせてしまったかもしれないが、近くまで行ったからには、少なくとも会う努力をせずにはいられなかったのだ。

だが、板張りの歩道にエラが現れた瞬間、まさかあれほど強い渇望感にとらわれるとは思わなかった。エラを手近な場所に連れていき、自分のものにしたくなったのだ。あの子犬が一点の狂いもない正確さで大事なところに飛びかからなければ……。

ところが、マットはいつの間にかレストランの椅子に座り、蟹の殻から身を出す作業に没頭していた。

「ここを押さえて、ねじってから引っ張るの。そんなやり方をしていたら、身を出しおえる前に餓死しちゃうわよ」説明のため、エラは手際よくばらばらにした蟹の脚を引っ張った。すると、蟹の肉が完璧なひとつの塊になって滑り出てきた。エラはそれをバターに浸し、口に放りこんだ。目をつむり存分に味わう。「おいしい」

マットの体はすぐさま反応した。彼は自分の目の前で繰り広げられる光景とは違うものを見ていた。エラが舌をちらりと出して下唇についたバターをなめたとき、マットの眉間には汗が噴き出し、彼は居心地が悪そうに身じろぎした。この女性は、甲殻類までエロティックにしてしまう。何気ない会話など無理だ。彼女をここから連れ出さなければ。今すぐ。

マットは財布に手を伸ばした。

「仕事はどう？」エラは完全に彼の思いには気づかずに尋ねた。

こう質問されたおかげで、マットはエラの髪を引っ張ってレストランから連れ出すような野蛮人めいたまねをせずに済んだ。彼は座席に身をもたせかけ、冷たい飲み物が性衝動を抑えてくれることを願い、ビールに手を伸ばした。

「同じだよ。忙しい」

エラは首を横に振った。「働きすぎよ。オフィスにあまりに長くいるのは人間にとってよくないのよ。人には新鮮な空気が必要なの」

「今、それを補給しているよ。海風より新鮮な空気はないだろう?」

エラはグラスの縁に指を滑らせ、指についた塩をなめ、マットをますます苦悶《くもん》に陥れた。「それでも、週に六、七十時間も喜んでできることなど、何も思いつかないわ。たとえそれがどんなに楽しくても」

再びマットの体を熱い興奮が走った。ビールは役に立たない。彼はエラの視線をとらえるまで待ち、長々と彼女を見つめてから、思わせぶりに下を向いた。再びエラの顔に視線を戻したとき、彼女の瞳孔は大きく広がり、頬は上気していた。

「僕は思いつくけれどね」

エラがはっと息をのみ、目をそらした。一瞬ののち、彼女がウエイトレスを呼ぶ声がマットの耳に届いた。「お勘定をお願い」

マットの胸に渇望感が痛いほどわきあがり、エラが目をそらしたときに感じた失望感を追いやった。マットは、ひとつかみの紙幣をテーブルの上に投げるようにして置いた。彼女の手を取って慌てて席を出ると、駐車場まで走った。

エラが助手席に乗りこみ、マットはエンジンをかけた。一刻も待てず、彼女を膝にのせて唇を合わせる。エラがもらしたあえぎ声が拍車をかけたのか、彼の体を炎がいっきに走った。

この一週間、マットは、シカゴでの一件は記憶違いだと決めこんだ。〝これほど僕の腕になじみ、甘い唇を持つ女性はいない〟などというのは単なる思いこみだと。だが、現実が記憶の正しさを証明した。マットはシートを後ろに倒して場所を確保した。

エラのTシャツの裾を探り、両手を忍びこませて、肌の柔らかさやおなかの筋肉が緊張するのを確かめる。そのまま手を上に滑らせ、ブラジャーのレースの縁を越えたところに丸いふくらみを見つけたとたん、エラの爪が肩に食いこんだ。エラがふうっと息をもらし背中を反らした拍子に、マットの手のひらに硬くなった胸の先端が押しつけられた。体を揺らすエラのヒップにマットは手のひらをあてがい、さらに引き寄せた。

エラが震える手でマットのジーンズのスナップを探ったとき、鋭い野次と幌《ほろ》をたたく音が響き、マットを現実に引き戻した。ティーンエイジャーが三人、車の真正面で口笛を吹いて野次を飛ばしている。

マットの判断力がよみがえった。まったく。エラを車のフロントシートに乗せてほんの数秒で、興奮した高校生のようなまねをするとは。

五分。エラを家に送り届けるまで、五分、待て。

彼女の抗議のうめきを無視し、マットは彼女を助手席に戻し、ギアを入れた。

暗い車内でエラのささやき声が響く。「急いで」

ドライブウェイの砂利をタイヤでばりばり踏みつけ、マットはギアをパーキングに入れた。エラはすでに車を出ており、彼が追いついたときには、家の鍵を開けようとしているところだった。

ロックが外れ、ドアが開いた。マットは片手でエラを抱きあげ、もう一方の手でドアを閉めた。とたんに、エラが彼の口に激しく唇を押し当てた。

その両脚がマットの腰についにからまる。エラはささやいた。「左手の最初のドアよ」

エラの寝室だ。助かった。あと二歩進めば、彼女を床の上で奪う心配がなくなる。

二人が横になった衝撃で、ベッドは大きな音をたてた。エラはなんとか膝をつき、Tシャツの裾を探った。マットはいっきに頭からシャツを脱ぎ捨て、その一秒後にはエラに手を貸し、彼女のシャツとブラジャーを床に投げ捨てた。マットが両の手のひらでエラの胸を覆うや、彼女の体が弓なりに反った。震える頂を親指で転がされ、エラは彼の肩をつかみ体を支えた。マットが頂を今度は唇で愛撫《あいぶ》し始めると、エラの爪がマットの背中に食いこんだ。

「マット」エラはささやいた。

そのかすれ声がマットの全身を焦がす。エラの膝をさらって仰向けにさせ、楽々とジーンズを脱がせた。

マットがなめらかなエラのヒップを両手で確かめているうちに、エラはすばやく彼のジーンズのファスナーを下ろした。今度はマットがうめき声をもらす番だった。熱い高ぶりを繊細な指でしっかりと包まれたとたん、彼の血管にしびれるような衝撃が走った。

慌ててエラに覆いかぶさりながら、マットは前もって謝った。「のんびり気楽にはできないよ」

「いいわよ」エラが応じ、マットの心臓が重い音をたてた。

マットが身を滑りこませたとき、エラは熱く潤っていた。彼が刻むリズムに合わせてエラが身をよじるたび、マットは正気を保つのに苦労した。小さな震えが始まるのを感じたとき、マットは息も絶え絶えのあえぎ声を聞いた。彼女がクライマックスに近づいているあかしだった。

エラは両手で上掛けをつかんでいた。背中を弓なりに反らしマットの名前を叫びながら、彼女は徐々に彼の正気を奪っていった。

マットレスが動き、エラは目を覚ました。三時間以上に及ぶ休憩なしのセックスで、エラは疲れ果てていた。だが、マットの大きな体にベッドの大半を占領されていることが気になり、真夜中ごろまで寝つけなかった。

またた。

奇妙にも、親密になりすぎたことをあれこれ考えたくなかった。マットが隣にいるのが、何から何まで自然に思えた。彼がベッドにいないと、むなしかったし、ベッドをともにしたあと、ひとりで眠るのは変な感じがした。マットが静かに上掛けの下から抜け出したとき、エラはそれに気づいた。マットが数分たっても戻らなかったので、彼女は横向きになり無理やり目を開けた。暗い部屋に目を凝らすと、彼は寝室の引き戸の前で浜辺を眺めていた。

「何をしているの?」

エラの声にはっとしてマットはベッドに近づいてきて、縁に膝をついた。マットはジーンズをはいていたが、ほかには何も身につけていなかった。マットの広い胸を見て唾をのむ自分に、エラは少しショックを受けた。驚くべき高みを何度も味わったあとだから、消耗しきっているはずなのに。

どうもそうではないらしい。

窓から差しこむ月明かりが、マットに神々しい輝きを添えていた。彼はエラの顔から髪を払った。

「君を起こすつもりはなかったのに」

「気にしないで。何を見ていたの?」

「海岸だ。月明かりで砂が光り輝いている。かなり感動ものだよ」

エラは同意のしるしにうなずいた。

マットが肘をついて身を乗り出したのでマットレスが沈み、エラが少し彼のほうに転がった。「海岸を散歩しないか?」

「散歩?」まさか聞き違えたはずはない。マットが熱心にうなずくので、エラはちらりと時計を見た。

「午前三時よ」

「だが、満月だし、君は眠くないんだろう」

「試してても死にはしないでしょうけど」エラはうなるように言った。

「行こうよ。ロマンティックじゃないか」

散歩に行くという案にマットは明らかに乗り気だった。エラは眠りたかった。だが今夜、マットは彼女を喜ばせるためにあらゆる手を尽くした。これくらいは彼に調子を合わせてもいい。

「わかったわ」エラは身を伸ばし、床に落ちた服をかき集めた。「でも、朝は遅くまで寝ているから、朝食はあなたが作ってね」

「了解」マットの顔に輝くばかりの笑みが浮かぶと、エラはいつまでもふくれてはいられなかった。

海から吹く夜風は冷たかった。浜に向かって歩きながら、エラは持ってきたスウェットを着た。板張りの歩道に着くと、ロスコーがどこからともなく現れ、うれしそうに吠えた。

「しいっ、ご近所を起こしちゃうわよ」子犬は猛烈な勢いで階段を下りていったかと思うと、白い砂浜の向こうに黒い点のように姿を現した。早く、とでも言いたげにロスコーは二人に吠えた。

二人は手をつなぎ、心地よい沈黙を楽しみながら歩いた。月の下の部分が徐々に白みかけている。ときおり蟹が波に向かって砂浜を横切るくらいで、浜辺にはロスコーを除けば二人きりだった。まるで映画のワンシーンのようにロマンティックだ。そして、エラはこの瞬間、地球上には自分たち以外存在しないような気がした。

最初に沈黙を破ったのはマットだった。「いつも夜はこんなに静かなのか？」

「ほとんどはね。この浜辺沿いは大部分が住宅地なの。気づいていると思うけれど、マンションやホテルはないから、観光客も皆一軒家を借りるのよ。だから、私たちはいわば家族同然になるの。大学生には、ずっと北のガルフ・ショアーズの浜辺が人気なの。おかげで私たちは騒音とは無縁よ。それに、この季節はほとんど地元の人間だけだから、皆、夜中の三時には眠っているわ」エラはそう締めくくった。

二人がついてきていることを確かめにロスコーが戻ってきた。彼は一度くるりとまわると、エラの手に鼻面を押しつけ、撫でてとねだったあと、また砂浜に走っていってしまった。

「ロスコーを家に帰らせることができると思う？」マットは突然きいた。

エラは突然の話題の転換に目を見張った。「どうかしら。なぜそんなことを？　犬が嫌いなの？」

「犬は好きだよ。ただ、連れはひとりだけのつもりだった。あいつがいると僕の実力を発揮できない」

「まあ、いったいどういう実力？」

返ってきたのは、芝居がかったため息だけだった。

それはマットのような大男がもらすと、奇妙だった。

「美しい月の光に夜の浜辺、美しい女性……。せっかく君を誘惑して浜辺で愛を交わす計画だったのに。ロスコーにうろつかれては、とうてい無理だ」

笑っちゃだめ。エラは唇を噛《か》んでこらえたが、あまりにも憤慨しているマットを見て、小さくくすっと笑わずにはいられなかった。「あなたたち旅行者は、映画の見すぎなのよ。浜辺は地球上でいちばん愛を確かめるのにふさわしくない場所よ。体じゅう砂だらけになって不快で落ち着かないわ」

マットは眉を上げ、エラが今の発言を撤回したくなるようなことを言った。「で、それは君の個人的な経験から出た言葉なのかい？」

「ティーンエイジャーのころ、浜辺でいちゃついたことはあるわ。旅行で来た男の子たちは、あなたと同じ考えを持っているから。頭のなかで妄想するとすばらしいけど、実行しても擦り傷ができるだけ。

友達のサラはいつも、〝紙やすりセックス《サンドペーパー》〟って呼んでいた」マットがうめく一方、エラはうなずいた。

「だから、ロスコーに関係なく、ここであなたが真相を究明するのは無理ね。少なくとも私が相手では」

「君の実用主義のおかげで、またロマンティックな提案が葬り去られた」

「ごめんなさい」エラは爪先立ちをしてマットにキスをした。「でも、散歩は気持ちがいいわ。あなたの提案は、あとで家に戻ったらできるわ」

マットはその言葉で元気になった。「競走だ」

「おかしなことを言わないで」

「君は陸上競技の女王だ。走る姿を見せてくれ」

エラは彼に挑みたくなる気持ちを抑えられなかった。そして、浜辺を走り始めた。砂浜を走るのは、すねや膝に負担がかかったが、エラはすぐにマットと距離をあけた。この騒ぎに興奮し、ロスコーがエラの脇をうるさく吠えながら伴走する。エラとロスコーは、マットに優に三十秒は差をつけて板張りの歩道にたどり着いた。

「まったく、君は速い」マットは大きなうなり声をもらし、木製の階段に座った。「心肺機能を鍛えるエクササイズをもっとしなくては」深呼吸して続ける。「まさか家に自動体《A》外式《E》除細《D》動器は備えていないよね？」

ほてった腿の筋肉をマッサージしながら、エラは同情する気にはなれないと思った。「競走を挑んだのはあなたでしょう。あなたの自尊心が傷ついたのは私のせいじゃないわ」大きく息を吸いこむ。「私は太っていて、ランナーの体じゃないの」

「君の体型は僕から見ると最高だ」

「おだててもだめよ」勝利のあとだけに、エラは寛大な気分になっていた。「さあ、頑張って。水が飲みたいわ。もっと褒めてくれてもいいわよ」マットがうなり声をあげながら立ちあがると、エラは続けた。「あなたが思い描いていた『地上《ここ》より永遠《とわ》に』に出てくるロマンティックなラブシーンをめちゃめちゃにした埋め合わせに、家の横にあるポーチのハンモックを提案するわ。海がよく見えるの」

「ハンモックだって？」

「ロマンティックだし頑丈なの。興味ある？」

「とても」少し面食らって立ちつくすエラを残し、マットは家に向かって颯爽《さっそう》と歩き出した。

家まであと半分のところまで来たとき、マットは叫んだ。「競走だ！」

「ちょっと待ってよ」エラはつぶやいた。

8

「信じられないよ。ハンモックがこんなに楽しいものとは知らなかった」マットは片側に長い脚を垂らし、ハンモックを静かに揺らした。

エラは声をあげて笑い、キルトの上掛けの下でマットに体をすり寄せた。ひとたび日が落ちると、気温は急激に下がる。だから、マットの体温がありがたかった。

「初体験をさせてあげられてうれしいわ」

もっとひどい土曜日の過ごし方はいろいろある。エラは今日のためにさまざまな計画を練っていた。といっても、ほとんど家のまわりの退屈な仕事だ。それらの計画をすべて中止し、波の音を聞きながら、マットの腕のなかで半裸で過ごしてしまった。また も彼はけだるげな笑みひとつでエラのいつもの生活を退廃的なものに変えた。

エラはマットの胸に指で円を描いていた。この暖かな繭のなかから動きたくない。だが、おなかが鳴るのはすぐに夕食を探しにかかれという意味だ。

「僕の知人が画廊をやっているんだ」

「へえ」エラはピザを食べたくなかった。だが、宅配サービスを頼むとしたら、ほかに何があるだろう。

「君のことを彼女に話したんだ。作品を写真にとって送ってくれれば、喜んで見ると言っている」

エラの手が止まった。「なんですって?」

「彼女は新人アーティストを常に探しているらしい。それに、絵を気に入ったら——気に入るに決まっているけれど、画廊に展示してくれるそうだ」

アトランタの画廊に自分の絵が飾られると思うと、エラの全身に衝撃が走った。そんなのは夢物語だわ。突然アーティストとして祭りあげられるほど、私は絵がうまくない。「どうもありがとう。でも、画廊に飾られるほどの素質はないわ」

「なぜそんなことを言うんだ?」

エラは咳払《せきばら》いをした。「あなたにはすばらしいところがたくさんあるし、最近のアートに関する知識もある。でも、それだけで必ずしも作品を正しく評価できるとは限らない」エラは張りつめた雰囲気を和らげようと、彼の腕を軽くたたいた。「弁護士業に専念しなさい」

マットが身を起こそうとしたせいでハンモックが大きく揺れ、エラが築いた暖かな繭は崩壊した。エラはキルトがずり落ちないよう縁をつかみ、自分の肩に巻きつけた。

「で、最近君は、誰かほかの人間に、自分の作品を〝評価〟してもらったのか?」

「なんですって?」

「もし君が作品を公にしていないのなら、それがいいか悪いか、わかるはずないだろう」

エラはため息をもらした。「マット、私には充分わかるわ」

「それなら言うが、自分自身の作品の善《よ》し悪《あ》しを判断する者として君は適任じゃない」マットはズボンの尻ポケットを探り名刺を取り出した。「写真を数枚、ジリアンに送ってくれ。彼女がなんて言うか確かめてみろよ。何も失うわけじゃないだろ?」

私のプライドだけは無事じゃ済まない。「これは単なる趣味だと言ったはずよ」

「だが、結果はやってみなければわからない。チャンスをつかむんだ、エル」挑むような笑みがマットの顔に浮かんだ。「やってみろよ」

もう、いいかげんにして。「やってみろよ、ですって? 私たち、中学生にでも戻ったの? あなたの言い方、まるで十二歳の子どもみたい」

「まったく、エル。一度くらいチャンスをつかめよ。なんでも石橋をたたいて渡るのはやめるんだ。四六時中、すべてを制御することはできない。ときには流れに任せ、どうなるか確かめるべきだ」

マットの声の奥にはエラに理解できない激した色があった。何かエラの絵とは別のことで、マットはいきり立っていた。エラが脚をハンモックの縁に垂らして立ちあがったので、マットはポーチに落ちないようロープにつかまった。

「私たちは今、正確にはなんの話をしているの?」

マットがためらい、二人のあいだに沈黙が広がった。やがてマットはハンモックの縁に座り、雨風で傷んだポーチの床板に脚を下ろした。彼は眉をつりあげた。「〝私たち〟ね」

それを聞いたエラは激しいショックを受けた。「〝私たち?〟〝私たち〟という言葉がそれほど問題になるとは思わなかったわ」

「そうなったのは誰の落ち度だい？」

ああ、もうっ。彼はいらついている。「次は〝落ち度〟？　全然わからなくなったわ、マット」

「とぼけるのはやめろよ。君は頭がいいんだ。僕が何を言っているか、わかっているはずだ」

私は自分が何をしているかわかっている。エラの心の内で小さな声が響いた。だが、マットに関しては、彼が何を考えているのか誰にもわからない。だから、彼と議論しても無駄だ。「家に入って、ピザを注文してくる。おなかがすいているでしょう？」

家のなかに入らないうちに、エラはマットに腕をつかまれた。彼の腕はいまいましいほど長い。

「逃げるのか？　話題を変えて？　よせよ、エラ。君を見損なったよ」

その言葉でエラのこらえていたものが噴き出した。

「私に何を期待しているの、マット？　私が今週末、すべてを放り出してニューオーリンズに行かなかったから、傷ついたの？　それでなの？」

「それもある」

「もっとはっきり言ってくれなければだめよ。いったいどういうつもりで、くどくどと画廊の話をしているのか知らないけれど、はっきり説明してほしいわ。〝駆け引きはなし〟のはずじゃないの」

マットはいらいらした表情で、うなじをこすった。筋肉の動くさまに、エラは一瞬、気を取られたが、彼が息を吐く大きな音で、再び集中力が戻った。

「正直に言ってほしいのか？　わかった、だったらそうしよう。僕たちが、なんの期待もせずにこういう関係になったことはわかっている。だがそれは、僕たちが互いに知り合う前のことだ。僕たちの関係には、単なるセックス以上の何かがある。うまく説明できないけれど、可能性を探る価値があると思う。君もそれを感じているはずだ。なのに、僕が関係を深めようとするたびに君は逃げてしまう」

エラの心臓はつかの間動きを止めたあと、再び重い音をたてて動き始めた。「私たちは、たった一週間一緒にいただけよ。あとは数本のメールだけ」

「どんなことでも、どこかから始めなければならないんだよ、エル」

「でも、この関係はどこにも行きつく先がないわ」

「僕はあると思う。ただチャンスをくれなくては」

まあ、なんてくだらない。「このうえ何を？　あなたはアトランタに住んでいるのよ」

「だから？　二人でどうにかしよう」

「具体的にはどうやって？」

「それは……」

マットは用意しておいた答えを、ついに使いつくした。エラは思わずふふんと笑わずにはいられなかった。「そんなことだろうと思ったわ」

その言葉に、今度はマットのほうがかちんときた。再び声の調子が痛烈になった。「僕が言いたいのはそれだよ、エル」彼はぴしゃりと返した。「はっきりした計画が今はなくても、実行できないとは言いきれない。ときにはチャンスをつかまなければ。君はこの話に乗り、チャンスを生かせばいい」

「私はここで仕事を始めたばかりなのよ。家も改装中。毎週末、アトランタまで車で出かけていたら、仕事にも改装にも支障が出るわ」

マットは信じられないとばかりに目を見開いた。「仕事に家？　君の論拠はそこなのか？」

「私が頼りにできるのは、仕事と家だもの。私たちのあいだがうまくいくかもしれないという微々たる可能性のために、未来を危うくできないわ」彼はいったい何を期待しているの？

「仕事も家も、ほかにいくらでもある」

エラにも少しずつわかってきた。「なるほど。〝ほかの仕事や家〟がアトランタにあるかもと？」

「たぶん。ことによると」

「コインを投げて決めましょう。あなたは、事務所の地位を棒に振ってもいいとは思わないはず。弁護士として働く事務所は、ほかにたくさんあるけど」

自分の言葉が彼をひどくいらだたせたことに、エラははっきり気づいた。

「それは話が違う」

「どういうふうに？」エラは深呼吸をすると、後悔するようなことを言う前に穏やかな気分にさせてと祈った。それは、マットを永久にソプラノにしてと祈るようなものだった。深呼吸は、ただエラの怒りをあおっただけだったらしい。彼女は癇癪《かんしゃく》を爆発させた。「ねえ、あなたの言うとおりよ。私はかなり頭がいいの。だから、この問題を解決できる。私の考えによると、こうよ。あなたは、この問題の可能性は〝私たち〟にかかっていると見ている。でも、この〝私たち〟のために私が条件のいい仕事を捨ててアトランタに行ったとしても、あなたのほうは、パートナー弁護士になるためにこつこつ仕事を続けるのよね。あなたのほうは何も変わらない……あなたはすべてを手に入れるのよ」

「エル――」

エラは片手を上げ、マットを遮った。「あら、だめよ。始めたばかりなんだから。すべてがはっきりしてきたわ。この〝私たち〟の関係が本当に成立したとしましょう。たとえ、私が〈ソフトワークス〉の半分くらいのお給料の仕事を見つけられたとしても、あなたが一日十二時間必死に働いているあいだ、私はひとりきりで過ごすことになるのよね。あなたが、お母さんのために孫を作ってあげる潮時だと思うまで。そして、そうなったらもちろん、私は仕事を辞めて、子どもを育てなければならないわ。あるいは……」彼はもはやエラの目を見ようとしなかった。彼の痛いところを突いたらしい。「いっそのこと、そのときまで夢に生き、フルタイムで絵を描くのもいいかも。何枚かは絵が売れるかもしれないし、猫の餌代くらいにはなるわ」

「君は先走っている、エラ。それに、君のシナリオが好ましい方向に進んでいくことも考えられる」

マットはわかっていない。エラは頭に来て、彼に説明しようとした。「私は先走って、結果を試すような贅沢《ぜいたく》はしないわ。虹を追うのに失敗してすべてを失っても、あてにできる家族はいないんだもの。頼れるのは自分だけなの」

「そういう態度では、この先何も得られないぞ」

「いいかげん黙って。あなたに意見は求めていないし、私の望む生き方を認めてほしいと頼んでもいない。私の選択を見直してほしいとお願いしたわけでもないの。私はただあなたと寝たかっただけ」

マットの気持ちはみるみる冷めた。怒りのもやをついて、エラの言葉のとげが頭に刻みこまれてくる。

「そうか、少なくとも、セックスで君を喜ばせることができてよかったよ」

なんと答えたらいいか、エラはわからなかった。

マットがひとつ深呼吸すると、エラは息を止めて願った。私がたった今怒りに任せて掘った溝に、彼は橋を架ける方法を提案してくれないだろうか。

それどころか、マットは肩をすくめた。「ここに来たのが間違いだったみたいだな、実際。さてと、すべてが明らかになったし、君も目的を達したんだから、僕は帰ることにするよ」

マットが寝室に消えても、エラは立ちあがって彼を追うことも、言葉をかけることもできなかった。自分の長い演説に、エラ自身ショックを受けていた。あんな言葉を吐き出すつもりはなかったのに。

マットは服を着て、一泊旅行用のバッグを手に現れた。彼の靴の紐《ひも》が結ばれていないことに、エラは気づいた。できるだけ早くここから逃げ出したいとマットが思ったとしても、彼を責められない。

「楽しかったよ。こんな結果になって残念だ」

何か言うのよ！　こんな形で彼を行かせてはだめ。

「私もよ」これでおしまい。あなたが有利な立場にいるうちにやめなさい。今終わりにするのがいいわ。

「さようなら」

「さようなら。運転に気をつけて」

そして、マットは行ってしまった。

なんのためらいもなく。

エラは一度深く息を吸ったあと、自分に言い聞かせた。足早にドアに向かう男性を見送るのは初めてじゃないでしょう、と。たいていエラは、急いで去る彼らを止めなかった。

だが、こんな気持ちになったことは一度もない。

問題が解決して肩の荷を下ろすどころか、荷はますます重くなり、膝がくずおれそうだ。

ポーチに出て、ハンモックから下りたときに落としたキルトを拾う。彼女は肩にキルトを巻きつけ、空っぽのハンモックに目を凝らした。マットの腕に抱かれ、幸せな気分でハンモックを揺らしていたあのときから、永遠にも思える時が流れた気がする。現実的に考えれば、それはついさっきのことだ。

ほんの一分ですべてが変わってしまった。だが、エラには過去の経験ですでにわかっていた。だからこそ、あらかじめ計画を立て、あらゆる可能性に備えていたのに。マットと関わる際の、不測の事態に備えた条項を考えておかなかったのが、残念だ。

たとえ今は苦しくても、こうなってよかったのよ。そもそも彼とここまで深いつき合いをするべきではなかった。長い目で見たら、二人がもっと深く関わる前にマットと別れてよかったのだ。困った状況から抜け出すための方法としては、あまり洗練されたやり方ではなかったし、達成感もないけれど。

結局、あれでよかったのよ。マットとの危機を適当にはぐらかし、優位に立つこともできたと思いつつ、エラは自分をだました。涙がこみあげ、目の奥が焼けるようだ。エラは微風に顔を向け、目を冷やそうとした。

さあ、これで自分の生活に戻れる。月曜日には業者が来るから、しばらく忙しくしていられるわ。ようやく落ち着いたし、新年までには生活はまた軌道に乗る。

なんの損害もないし、卑劣な行為もなかった。誰の気持ちも傷ついてはいない。

おかしなことに、その瞬間のエラの気持ちは、自分に言い聞かせている言葉とほど遠かった。

延々とハイウェイを走り続けたあと、マットは、自分がどこに行くつもりかはっきりわかっていないことに気づいた。先週彼は、明日の午後までエラの家にいるという仮定をもとに計画を立てた。ペンサコラからの帰りの航空チケットまで予約した。ニューオーリンズまで車を運転して戻らずに済むからだ。どれも、エラとの時間を最大限に増やすための計画だった。まさか、エラが自分に会うのを望まないとか、土曜の夜の八時に彼女の家を出る羽目になるとは、思いもしなかった。

なんて言ったっけ？〝みんなで慎重に練りあげた計画も失敗に終わることが多い〞失敗に終わる、というのはずいぶん控えめな言い方だ。

エラと戦うべきではなかった。だが、エラのどこかが、僕の過激な部分を引き出してしまう。心のなかで思い返し、マットはうなり声をあげた。むかっ腹を立てて家を飛び出すとは、十代の子どもみたいだ。そういうドラマティックな態度をとったせいで、空港のホテルでひと晩過ごす羽目になった。

二九二号線に出る分かれ道でマットは車を止め、エラに電話をかけるか考えた。謝るべきかもしれない。ちょっと強く出すぎたかもしれないし、強引に迫りすぎたかもしれない。今なら手遅れにならずに問題を解決できるかも。

〝私はただあなたと寝たかっただけ〟思い返してみると、エラは最初からはっきり釘《くぎ》を刺していた。いちいち言わなかっただけだ。僕の自尊心が、ルールが変わったと思いこんでいただけだ。しかし今夜、マットは過ちを指摘された。

昨日だったら、マットはエラのことをかなりよく理解していると言っていただろう。彼女を理解していなかったのは明らかだ。エラが関係を終わらせようとしたとき、従うべきだった。

クラクションの音で、マットは現実に引き戻された。バックミラーをのぞくと、背後に車の列ができている。

ため息をつき、マットは針路を東へ取るとペンサコラに向かった。

9

「何を悩んでいるのか話してくれる気になった？それとも、私はこのまま、あなたの様子がおかしいのを見て見ぬふりしなければならないの？」メラニーは大げさなため息で言葉を締めくくった。

エラは首と肩のあいだに受話器をはさみ、ベッドのヘッドボードに身をもたせた。居間のかなりの部分が改装中のため、目下、寝室は、家のなかで数少ない落ち着ける場所だ。今は眺望を妨げるハンモックも下ろされ、ベッドに寝ながらにして、ポーチの向こうに広がる海を一望できる。気温ががくっと下がり、日没後、戸外で座っていられなくなったので、春が来るまで外で過ごす理由はあまりなかった。そのころには、新しいハンモックを買おう。それとも、長椅子でもいいけれど。

絶対に長椅子よ。ハンモックはもめ事の元だ。

「なぜ、私の様子がおかしいと思うの？」

「ねえ、自分が誰と話してるのか考えてよ。声が変だわ。いつもより口数が少ないし、メールすら憂鬱な感じが漂っている。この一週間、あなたは何かを悩んでいる。私は心配で頭が変になりそうなの」

メラニーの尋問は、エラをまずい立場に追いこんだ。嘘《うそ》をついたり言い訳をしたりすることもできたが、九十八パーセントの確率で見破られるに違いなかった。万事うまくいっているふりが功を奏していないのは明らかだ。とすれば、このまま努力を続けても時間の無駄だ。嘘と言い訳のどちらを選択しても、メラニーは心配しつづけるだろう。そして、メラニーが心配すると、みんなが損害を被る。

もはや真実を告げる以外に選択肢はない。

「〝引っ越しブルー〟になっているだけだと思う。思った以上に仕事に気力が吸い取られ、家の改装があまり進まないの。私は計画どおりに物事が進まないと気が済まない性格でしょう。環境が激変して参っているのよ。ホームシックもあるかも」

「明日、そっちに引っ越しトラックをまわそうか」

メラニーの言葉に、笑いがもれた。もっとおかしいのは、メラニーが正真正銘本気だということだ。もし耳を澄ましたら、メラニーがイエローページをめくって運送会社を探す音が聞こえただろう。

「これは冗談じゃないからね、エル。うちのすぐ近くに、あなたにぴったりのすてきなアパートメントがあるの。それにこの前、スーパーマーケットで、エイブ・モリスにばったり会ったんだけれど、彼、あなたに死ぬほど戻ってきてもらいたいんですって。近々、彼は昇進して昇給するらしいわよ」

「厳密に言うと、それは二年前に聞いているべき話なの。エイブはただ悲しんでいるだけよ。オフィスで隠れてコンピューターゲームをする代わりに、実際に働かざるをえなくなったから。だって、彼ったらいまだに私にメールで質問してくるのよ。ありがたいけれど、私は今のままでいいと思う」

「あなたが私をだませればね。口調が悲しそうよ」

エラは明るい口調を試みた。「私は大丈夫よ、メル。真面目な話」

「何が起ころうと、私に話してよ」

「わかってるわ。もし何か話すことがあったら、話すから」今は話すことはないという事実に、エラの罪の意識はなだめられた。それに、メラニーに力になってもらえることは何もない。「心配するのはやめて。水曜日にそっちに行ったとき、自分の目で私が大丈夫かどうか確かめられるんだから」

「空港に迎えに行くわ。お母さんが、あなたのためにスイートポテトを作ってくれるって」

「スイートポテトなしの感謝祭なんてありえない」

メラニーの念入りな取り調べを逃れ、エラは安堵《あんど》のため息をもらした。さらに数分後、エラはようやく電話を切って尋問を終わらせることができた。

メラニーがエラの説明を信じたかはわからない。だが、これで少しは時間を稼げるだろう。ただし、猶予はそれほどない。感謝祭まであと四日。エラは休暇をシカゴでメラニーの家族と過ごす予定だった。それまでに立ち直らなければ。今、メラニーにこれほどたやすく悲惨な状態だと見抜かれるようでは、飛行機を降りたとたん、困った事態になる。

マットが出ていってから十三日がたった。そのあいだ、電話もメールもなんの連絡もない。まるで二人の出会いなど存在しなかったようだ。

ああ、だけど、二人は出会ったのだ。そして、エラの胸に宿る痛みが常にそれを思い出させる。

あまりにも急速に、彼と親しくなってしまった。

理性の声に耳を貸すべきだったし、あそこまで気を許すべきではなかった。マットとの関係は、シカゴを発《た》つ前にきっぱりと終わらせておくべきだった。マットのちょっとした遊びの誘いに乗ってはいけなかった。そもそも、彼とベッドをともにするべきではなかったのよ。

そうすれば、彼と恋に落ちなかったのに。

みじめでつらい四日間を過ごしたあと、エラは認めた。いつどうやって彼に夢中になったかはわからないが、あの頭に来る男に恋しているのは間違いない。それこそ、まさに避けたかったことだったのに。

エラは男性との交際が上手ではなかった。一度もうまくいったことがない。関係が終わったときがひどく面倒なので、簡単に抜け出せないものは始めないに限るとエラは思っていた。マットはただエラのベッドに潜りこむだけでは満足しなかった。彼は、エラの頭や心に忍びこむまで攻撃をやめなかった。

思うに、〝単なるホルモンによる熱狂だったはずのものが何かもっと重大なものになり、今、エラを支配している〟のだ。対処するのが痛みだけで済むのなら、まだよかった。エラはさらにひどいものを相手にしていた。だが、なんといっても最悪なのは、後悔と、何か自分でもよくわからない喪失感だ。

エラは後悔するのが嫌いだった。

心の奥で、〝今回は大失敗をしたぞ〟とささやく声にエラはいらだった。声は、〝たとえつらくても、マットには手放さないよう全力を尽くす価値があったのに〟とささやいた。

エラは受話器を元に戻し、ペンキがついたシャツを頭から脱いで膝を抱えた。いくらやめようと努力しても、目はベッドの向こうの椅子のあたりをさまよい続けている。

椅子にはグレーのスウェットがかけられている。ペンシルベニア大学の略称〝ＰＥＮＮ〟が胸の前にでかでかと入ったそのスウェットを、エラはマットが帰った翌日に発見した。慌てて脱いで裏返しになったスウェットを、彼はベッドの下に蹴り入れてしまったのだろう。今でもエラは、マットがそのスウェットを脱いだときの表情を思い描くことができる。

マットにどうやってスウェットを返そうかしら。メラニーかブライアンに頼むのは、とても難易度が高いので無理だ。マットの自宅の住所は知らないし、電話帳にも載っていなかった。それに、彼のオフィスに忘れた衣類を送るのは、趣味の悪い抗議と取られかねない。

スウェットには、マットのアフターシェーブローションの香りがまだかすかに残っていた。それを抱き締めただけで、エラの目には涙がこみあげた。そのうち触れざるをえないだろうが、以来、エラは服に触れていない。

触れるのは生々しい感情が少し薄れたあとでいい。

エラははだしのまま、絵筆とパレットが待つ別の部屋に行き、くたびれたスツールに腰を下ろした。目を細めてつぶさにキャンバスを眺め、そう悪くはないと思う。油絵の具を使って描くほうが、ほかの絵の具を使うより難しかった。だが、そういったすべての行為が感情を浄化してくれるのだ。絵を描いていると、何時間も考え事をせずに過ごせた。描くことにすべてを集中するおかげで、痛ましい後悔でいっぱいの場所を思いめぐらさずに済んだ。

エラは一度深く息を吸いこんだ。肺が広がるとともに胸の痛みも増大した。それからゆっくり息を吐き出すことに集中した。頭を空っぽにし、いつかはこの苦しみが終わると自分に言い聞かせた。

終わらせなければ。

「こちらがあなたのサインが必要な書類です。こちらはあなたの再検討が必要な書類。そして、これがあなたの旅行計画表」マットのアシスタントは首をかしげ、最後の書類を差し出した。「感謝祭に実家に戻られるんですか？　この五年間、休暇でここを離れたことはなかったのに」

マットはプリントアウトされた書類を受け取り、脇に置いた。「ああ、そうだな。普通は取らない。だが、今年はちょっとした約束をしたんだ」

デビーはにこっとした。「お母様がお喜びになりますね」彼女は秘書室の自分のデスクに向かった。「コートを忘れないで」肩越しに言う。「シカゴは凍えそうなほど寒いですから」

彼の運命なのか、例年より早く雪が降った。もし、あらかじめ実家に戻ると母に伝えていなかったら、マットは帰郷をやめ、長い週末をゴルフコースで過ごし、煩わしいことを避けていただろう。だが、先月エラと約束したあと、マットは母に〝感謝祭に戻るので、僕の席を確保しておいてくれ〟と言ってしまった。そんなわけで、彼は困り果てていた。

エラ……。エラのことを考えるのをやめなければ。エラは自分の気持ちを明かした。それに、なんの連絡もない。僕の誤解だと考える余地はまったくない。

エラの沈黙と、彼の帰りを待ち受けていた途方もない量の仕事のおかげで、実際マットは助かった。二人のあいだの距離も手伝い、マットはしだいに明《めい》晰《せき》さを取り戻した。そして、自分が何に夢中になっていたのかわかるようになった。彼女との関係がもっと大事なものに変わると思うとは、どうかしていた。エラは楽しく、賢く、美しく、ベッドでもすばらしい。そして、僕はすっかり彼女に夢中になっていた。

何にでも〝初めて〟はある。ありがたいことに、今はもう自制心を取り戻した。これ以上関係を続けて誰かが傷つく前に、エラが僕との関係を断ったことに感謝をするべきだ。

マットは再び、旅行計画表に目を向けた。十中八九、エラも休暇でシカゴを訪れているだろう。だとしたら、彼女はメラニーとブライアンの家に泊まるはずだ。エラには訪ねる義務がある家族はいない。彼女と会う格好のチャンスだ。

エラのことを考えただけで、マットの体はたちまちこわばった。マットの冷静なほうの頭は現実の状況を理解しているが、悪いほうの頭は状況をまだ理解していなかった。それは、ひどく心配していた。でも、大丈夫だろう。二人とも大人だ。二人は関係を持ったが、今は終わった。もし、ちらと顔を合わせざるをえなくなったとしても、問題はない。

まったく。

10

感謝祭前日の飛行機の旅が悪夢になるとは、エラは予想もしなかった。だが、ガーデニアの香りを浴びるほどつけた女性と三時間同じ列の席だったため、エラは正真正銘のアレルギー発作を起こしてしまった。飛行機がシカゴに着陸するころには、鼻水が止まらなくなり、涙は流れ、偏頭痛で頭が割れそうになっていた。新鮮な空気を吸っただけでは発作はおさまらなかった。服や髪にしみこんだ香りが状態を悪化させ、メラニーの家に着いて頭からシャワーを浴びるまで続いた。

抗ヒスタミン剤をのんで眠ったおかげで頭痛はいくらか和らいだ。しかし、木曜の朝になってもまだ鼻水と咳《せき》が止まらず、体調は最悪だった。

　けれど、こんな不幸な状況にも希望の兆しはあった。実際に気をもむ事件が起き、メラニーは漠然とした疑惑をふくらませる余裕がなくなった。そして、エラのほうも、多少静かにしていてもアレルギー発作のせいにできた。咳《せ》きこんだりはなをかんだりしながら、感謝祭のランチをメラニーの家族全員と取る羽目になったが、それもエラには安い代償に思えた。メラニーの質問攻撃をかわせたのだから。

　アレルギー発作は、〝家族とディナーを一緒に〟というブライアンの誘いを断る口実にもなった。本当は、エラはメラニーのために出席を考えていた。だが、ブライアンが、突然携帯電話に電話してきたマットまでディナーに誘ったので、欠席を決めた。

　では、マットは、感謝祭には実家に帰るという約束をちゃんと果たしたのね。彼はここにいる。わざわざこちらから彼に近づく必要はまったくない。ただでさえ、同じ町にいることで気が休まらないのに。

　ありがたいことに、次にエラが起こした咳の発作で、ディナーは免除してもらえた。それどころか、エラはゆっくり休めるよう、メラニーたち夫婦のアパートメントに送り届けられた。

「本当に、お医者様を呼ばなくていいのね？」

「感謝祭に？　死にかけてなければ来てくれないわよ。薬をのんだから、お茶を飲みながらベッドに入って休んでいるわ。私は大丈夫。楽しんできて」

　メラニーはまるで納得していなかったが、やがて出かけていった。エラはメラニーの趣味の悪いカップにお茶をつぎ、ソファに横になり、テレビを見ながらうたた寝をした。

　しばらくして電話が鳴ったが、エラは留守番電話が応答するのに任せた。

「マットだ」

　彼の声を聞き、ソファに寝転がっていたエラは、がばっと身を起こした。血管に放出されたアドレナリンで、薬による頭のもやはまたたく間に晴れた。

「ブライアン、携帯電話を捜してるんだったら、僕が持っている。なぜか僕のコートのポケットに入っていたんだ。明日まで必要ないなら、明日そっちに行くときに持っていくよ。そうだ、メラニーにケリーを連れていくと伝えてくれ」

まるで十七歳に戻ったかのように、エラの胸にさまざまな感情が押し寄せてきた。マット？　明日？　ケリーを連れていく？　エラには息を継ぐ間がほとんどなかった。それらの言葉を整理する間もないうちに、鍵を開ける音が響いた。

息を吸って、吐いて。自然に振るまって。「あら、あなたたちだったのね」

「エル！　眠っているとばかり思っていたのに！　気分はどうなの？」メラニーはすぐに騒ぎ始めた。

「昼寝をしたのでよくなったわ」さりげない声を出そうと苦労しながら、エラは留守番電話の点滅するライトを指し示した。「そうだ、マットから電話があったわ。彼、手違いで、ブライアンの携帯電話を持っていっちゃったみたい」

ブライアンはコートのポケットをたたいた。「今まで、電話がないことに全然気づかなかったよ」

「彼はそれで、明日誰か連れてくると言ってたわ」

ブライアンはうなずいただけだった。

ああ、それではケリーが誰だかわからないわ。

メラニーがエラの枕をたたいてふくらませたり、お茶をいれてきて勧めたりと、あれこれ世話を焼いた。こうなったら直接きくしかない。「それで、明日は何があるの？」

「知らないの？」メラニーの顔に浮かんだ当惑の色は、本物のようだった。「今年の感謝祭のあとのアメフトパーティは、うちでやるの。楽しいわよ。あなたが少し気分がよくなってうれしい。一日じゅう、みじめな気分でいてほしくなかったの」

エラは軽いパニック状態に陥った。胸をかき乱され、嘔吐《おうと》しそうだ。まさにその瞬間、ブライアンがマットのメッセージを再生し、流れてきた彼の声がエラの吐き気を増幅させた。エラは咳払いをした。

「マットが言っていたのはパーティのことなの？彼は明日ここに来るの？」

メラニーがうなずくのを見て、エラの胃は引きつった。

「でも、ケリーって誰かしら」

また、私ったらなんてことを。嫉妬がエラの胸をえぐった。ほかの部屋に行って横にならないと。

「ロス・ケリーは一緒に学校に通った仲間だ。彼は今、フロリダにいる。君のところから結構近いと思うよ。彼もコンピューターの専門家だが、ハードウエアのほうが詳しい。君とすごく話が合うはずだ」

男性のケリーと聞き、どっと安堵《あんど》感に襲われる自分をエラはひっぱたきたくなった。

メラニーの目が輝いた。「彼、かっこいい？」

ブライアンは肩をすくめた。「どうかな。ケリーはケリーさ」

あら、だめよ。エラはメラニーの今の顔つきに覚えがあった。「だめよ、メル。私は興味ないから。それに、もうあなたに縁結びはしてもらわない」

「ドノバンの大失敗を一生許してくれないのね？何年も前のことなのに」メラニーはふくれた。

エラはこめかみをさすった。ベッドが恋しい。頭のなかの混乱状態を、ひとりになって整理しなければ。マットの友人をあてがわれることを想像し、エラはヒステリックな笑いを押し殺した。

咳の発作で笑いをごまかすのに成功したエラは、メラニーに追い立てられるようにして客用寝室に戻った。心のなかで、エラは昨夜、飛行機で隣に乗り合わせた客に感謝した。どんな病気にせよ、病気をこれほど便利に思ったことはない。

エラは芝居がかったため息をもらしながら、ベッドにくずおれた。ため息に、嘘偽《うそいつわ》りはみじんもなかった。メラニーに叫び声をあげたくなるほど大騒ぎされたすえに、ついにひとりきりになれたのだ。押し寄せる感情と、みなぎるアドレナリンのせいで、エラは再び頭痛がした。

明日。マットがここに来る。マットと顔を合わさざるをえないのに、それができる自信がなかった。いったい、なんて言う？　それに、エラは目下、感情的にも肉体的にもベストな状態ではなかった。相当ひどい顔をしているのは間違いない。

病気がぶり返したふりをし、一日じゅうベッドで過ごしてもいい。そうすれば心痛を味わわずに済む。

この旅は悪夢に変わりつつあった。

どうしても必要な眠りはなかなか訪れなかった。

エラはブライアンとメラニーが寝る支度をする音に耳を澄ましながら横たわっていた。静けさが訪れたあとも眠れなかった。どんなに努力しても、思いはマットに戻った。彼が恋しかった。

彼にそう言いなさい。頭のなかで小さな声がささやいた。彼に告白すると思うと、エラの鼓動は急に速くなった。それで、最悪何が起きるというの？

「もっとばかなまねをしそうだもの」エラは枕に顔を押し当ててつぶやいた。

だが、告白するという案は、じっくり考える価値がある。もしかしたら、マットに何かを言う機会があるかもしれない。何を言うかはまだはっきりわからないけれど。彼が明日、どういう態度をとるかによるわ。少し待ち、彼の出方を確かめなければ。

考え直した結果、〝病気がぶり返した〟ふりをするのも悪くない気がした。マットの態度を判断する機会を得るまで、彼を避ける格好の言い訳になる。

それに、もしマットがまだ私に関心があるようなら、あんな意固地な態度をとったことを謝って、二人のあいだの亀裂が修復可能か確かめてもいい。やってみる価値はあるわよね？　それとも、何もかも成り行きに任せたほうがいいかしら？

エラはうなり声をあげると、枕をたたいて寝心地のよい形に変えた。天井に目を凝らし、思う。マットのせいで、あと何日眠れない夜が続くのだろう。

エラが今日ここにいることは重々承知していた。これは大した問題ではない、と自分に言い聞かせ、とにかくマットはブライアンの家を訪れた。二人とも大人として楽しいときを過ごし、その後、それぞれの道を歩むと決めたのだ。如才なく再会できるはずだ。エラは僕がつき合った女性のひとりにすぎない。たとえそれが、かなり最近のことでも。僕はここに、友人とゲームを観戦するために来たのだ。

マットの予想は部分的には当たっていた。エラは〝大した問題ではない〟という態度を完全に自分のものにしたようだった。マットが部屋に入っていったとき、彼女はまばたきすらしなかった。

これにはひどく傷ついた。

エラの他人行儀な〝またお会いできてうれしいわ〟という言葉は誠意があったが、そっけなかった。そして、彼女は世間話を二分ほどしてから、テレビを見に行ってしまった。ブライアンは三台のテレビをアパートメントのあちこちに設置していた。エラは、午後じゅうずっと気分がよくないと言い、柄にもなく静かで少し遠慮気味だった。表向きには、エラはマットをブライアンの友達として知っている程度ということになっていた。そのため、彼女がほとんどマットを無視していても、誰もエラを無礼だと責められなかった。

だがマットは、エラの存在を痛いほど意識した。彼女に近づいただけで全身がこわばり、終始、注意はフットボールの試合から離れがちだった。

気分が悪いのなら、エラは無理してここに顔を出すべきじゃなかったのに。ベッドに入っているべきだった。僕は喜んで彼女のベッドに潜りこんだのに。

「彼女は伝染性の病気ではないよ」

マットが目を上げると、ブライアンがビールを差し出していた。「えっ?」

「エラだよ。彼女、具合が悪そうだけれど、細菌をまき散らしているわけではないから。ビールは?」

「ありがとう」マットがビールの瓶を受け取ったとき、またもエラが咳きこむ音が聞こえた。ブライアンが切り出した話題だから、意見を言っても大丈夫だろう。「どこが悪いんだ?」

「ひどいアレルギー発作を起こしたんだ。飛行機で近くにいた女性が象も倒れるほどの香水をつけていたらしい。それがエラのアレルギーを誘発したんだよ。ひどい臭いだった。家まで乗せてきただけなのに、車の窓を開けて換気しなければならなかった」

ガーデニアだ。アレルギーだと言っていた……。

ブライアンが背後のテーブルを指さし、マットの注意は再び彼に戻った。テーブルは料理の重さできしんでいる。「万一を考え、エラを食べ物のそばには近寄らせてない。だから、食べても大丈夫だ」

「ケータリング業者に頼んだのか? エラの話では、メラニーはお湯を沸かすくらいしかできないとか」

ブライアンが口に運ぼうとしたビールの瓶を途中で止めるまで、マットは自分の言葉が相手にどう受け取られるか気づかなかった。ああ、まったく。

「エラが言ったのか? 君たち二人は、僕たちの結婚式ですっかり意気投合したみたいだな。エラがメルの結婚式で、当人の料理の腕をこき下ろすとは」

ブライアンの眉が挑むように上がった。

これから先もずっと、二人のあいだに起きたことは内密にしておきたいというエラの希望を思い出し、マットは悩んだ。よし。沈黙が最も安全なやり方だ。

ブライアンは肩をすくめた。「花嫁付き添い《ブライズメイド》といい仲になるのは陳腐だが、エラは悪くない選択だ。もちろん、おまえが選んだとして、の話だが。ちょっとした証拠もあるんだ、弁護士さん」

僕のおしゃべり以外の証拠か。「僕とエラのあいだに何かあったとメラニーが思ってるのか？」

「ああやれやれ、違うよ。メルはそんなこと思っていない。思っていたらわかるよ。ほんの少しでも疑っていたら、君たちにまとわりついている」

エラからも同様の忠告をされた。慎重を期して正解だった。さもなければ、今日はもっと大変な目に遭っていただろう。今の問題はそれではない。マットは自分に言い聞かせた。エラとの関係は昔の話だ。

ブライアンは上体をかがめ、声を潜めた。「だが、お願いだ。何があったか知らないが、エラとは気まぐれにつき合うな。エラを不幸にしたくない」

明るい口調を保とうとしたものの、なぜかブライアンの保護者的な態度に、マットはいらだった。

「いつから全女性の味方になった？ 最近、高潔の騎士ギャラハッドの霊と交信でもしたのか？」

「まさか。エラは君のようなタイプと戦える。彼女に関心を持つのは、個人的利益に関わるからだ」

「言っていることがよくわからない」

「だったら、よく聞け。もしエラが不幸になったら、僕の人生は生き地獄になる。もちろん、君もメルに厳しく非難されるだろうが、僕は彼女と一緒に生活し、年中、君に対する非難を聞かされるんだ。エラに関することはくれぐれも慎重にしろよ」

少なくとも、ブライアンの言うことは筋が通っている。マットはうなずいた。「充分にわかったけど、警告は無用だ。僕たちのあいだには何もない。だから、僕もエラもメラニーに非難される理由はない」

「それを聞いてほっとしたよ」

そのとき、メラニーが二人のところにやってきた。ブライアンが手を伸ばして彼女を抱き寄せると、メラニーはくつろいだ笑みを浮かべ、彼の膝の上におさまった。「今日は都合をつけてもらえてよかったわ、マット。お母様があなたをずっとそばに置いておきたがるのではと、半分あきらめていたの」

「さすがの母も、いつかは僕にうんざりするから」

「そんなの想像もつかないわ」メラニーはにっこりして言葉をはさんだあと、咳払いしてから鋭い目でマットを見た。「でも、世間話はもう充分。私は重大問題を抱えているの。そして、あなたは必要な情報を提供できるはずなのよね」

「法律に関わる重大問題なら、あまり力になれない」マットはからかった。「犯罪は扱わないから」

メラニーはふふんと笑った。「法律はしっかり守っているわ。だからご心配なく。問題はエラなの」

マットは危うくビールにむせそうになったが、うまくこらえてどうにかのみこんだ。「エラ？」

「エラがあまりにも上の空なのが心配なの。それに、寂しいんじゃないかと思うのよ」

それは彼女が自ら引き起こした問題だ。「で？」

「それで、考えたのだけれど、ロス・ケリーはエラにお似合いじゃないかと思うの」

ブライアンが口をはさむ。「お節介はやめろよ」

マットの胸は嫉妬でいっぱいになった。メラニーはエラを、夫の友人の誰かとくっつけたいのか？まったく皮肉なものだな。

「必要ならお節介を焼くつもりよ。エラのことは干渉する権利があるの。だから、差し出口をはさまないで」メラニーは片手を上げて夫を黙らせ、マットに注意を戻した。「ロス・ケリーはかっこいいし、人がいい感じがするわ。でも、もっと情報が必要ね。どんな人？　つき合っている人は？　エラと会ったことあるわよね。二人はうまく行くと思う？」

少なくともマットは嘘を言わずに済んだ。「実のところ、わからない。ケリーは悪い男じゃないが、彼のプライベートはよく知らない。それに、エラが男にどういうものを求めているのかもわからない」それは、今年いちばんの控えめな言い方だった。

メラニーはため息をついた。「男性って本当に役に立たない。あなたたちは高校の同級生なんでしょう？ それしか情報を提供できないの？」

マットは肩をすくめ、ブライアンはうなずいた。

「では、調査の時間よ。さあ」メラニーは立ちあがると、ブライアンを椅子から引っ張り起こした。「あなたの友達を紹介してちょうだい」

ブライアンの抗議をものともせず、メラニーは彼を連れ去った。事情が違ったらマットもこの状況をおもしろがっていただろうが、メラニーの任務を考えると少しもおもしろくなかった。彼はビール瓶をもてあそび、試合を見ているふりをした。ひいきのチームは負けていたが、どうでもよかった。

ほかの試合が終了し、部屋の仲間は増えた。注目の試合の最終クォーターを見ようと、全員が大型画面のテレビの前に集まってきたのだ。画面を食い入るように見ていたのに、マットは少し前に終了した試合の状況を答えられなかった。彼は眉を上げ、ビールを取りに行くふりをしてキッチンに向かった。そこで見つけたのはビールではなく、エラだった。

「やあ」

エラはマットの声にびくっとし、持っていたプラスティックのカップを落としそうになった。ソーダが手やカウンターにかかった。「もう」

「驚かせるつもりはなかったんだ」

エラは肩をすくめ、カウンターと両手をふいた。「あなたが悪いんじゃないわ。あなたが入ってくる音が聞こえなかったの」エラは神経質そうに笑った。「抗ヒスタミン剤をのんでいるから、その影響ね」

「だが、薬が効いているんだな。さっきよりずっと具合がよさそうだ」実際は、エラは居心地が悪そうで、少しぴりぴりして見えた。

そして、ありがたいことに、マットが彼女に手を差し伸べてはいけない条件がすべて備わっていた。

エラはマットと目を合わせなかった。「すっきりするにはしばらくかかるけど、回復してはいるの」

「ガーデニアか？」

エラはすばやく目を上げ、マットを見た。「ええ。覚えていたなんて信じられないわ」

「だろうね」

エラは咳払いをして再び視線をそらし、ふきんやカップをもてあそび始めた。途切れがちな会話は、二人の以前の会話とはまるで違っていた。そもそもの初めから、二人は会話の種に困ったことがなかった。けれど、ため息がもれそうな今の沈黙は、手に負えなくなるばかりだ。

だがマットは、損失のないうちに手を引き、部屋から逃げ出すようなまねはしたくなかった。問題は、次に何を言うかだ。質問のリストは頭のなかに山ほどあったが、この状況にふさわしいものはひとつもなかった。結局、無難な話題に落ち着いた。「どうしていた？」

エラは顎をつんと上げ、そらぞらしい笑みを顔に張りつけた。「元気だったわよ。仕事と改装で忙しくしてたわ。あなたは？」

「元気だったよ」二人とも、会話を続けるために涙ぐましい努力をしたあと、さらに長い沈黙が続いた。

行きづまった局面を打開したのはエラだった。

「あなたは約束どおり実家に戻ったのね。お母様はすごく喜んでらっしゃるでしょうね」

「ああ。でも、クリスマスに関しては、まだ何も母に話してない。母は興奮しすぎて対処できなくなってしまうかもしれないから。メラニーも、君がこの週末ここに戻って大喜びしているんだろうね」

「私がくしゃみを連発している点を除けばね」エラが深々と息を吸いこんだとき、マットは彼女が緊張を解こうと努力しているのに気づいた。エラはヒップをカウンターにのせ、両手をポケットに入れていた。「マット、私は……」エラは途中で言葉を切り、再び彼と目を合わさないようにした。

「私は、なんだ？」エラが何を言いたいのか知らないが、それを言うために勇気を振り絞っていることは、マットにも察しがついた。だが話す前に、エラに怖《お》じ気《け》づいてほしくなかった。習慣で、マットはエラに手を差し伸べようとしたが、危ういところで思いとどまった。「エル、僕たちは遠まわしな言い方をする段階は過ぎていると思う」

エラはうなずいた。「あなたに謝りたかったの。あんなふうに終わらせてしまったことを」

終わらせてしまった。過去形だ。わかった。二人の関係は終わり、エラはよりよい仕事を得て、別の土地に移った。くそっ、メラニーは目下、次の競争相手を確保している最中だ。彼が気にするべき問題ではないが、マットは気になった。「僕も気になっていたんだ。僕の謝罪も受けて入れてくれるなら、君の謝罪を受け入れるよ」

エラの笑みは短剣のようにマットの胸を刺した。

「了解。うれしいわ。私の気の短さのせいで、あなたと敵同士になったらどうしようと思っていたの」

「でも、僕たちは友達同士にもなれない。「そうだな」マットはなんとか不満を抑えた。

「今度のことはすべて私が悪いの。どうか……」

彼女はうやむやにしておくことはできないのだろうか？「いや。君は正しかったよ――」

すると、エラは彼に触れた。彼女の手が腕に触れた瞬間、まるで熱い石炭に触れたかのように筋肉が緊張した。「マット、私が言いたいのは……」

「エル？　いる？」メラニーがキッチンのドアを押し開けた。エラはびくっとして後ずさった。マットはエラのほうに伸ばしかけていた手を、すばやく下ろした。「あなたもいたのね、マット？　みんなあなたがどこに消えたのだろうと思っていたわよ」

エラは咳払いをした。「ちょっと話していたの」

「それはよかったわ」メラニーは不思議そうな顔で彼を見たあと、エラに注意を戻した。「邪魔してごめんなさい。でも、ロス・ケリーを紹介したくて」

「だけど、さっき彼に会ったわよ、メル」

「ええ、でも、彼と話す機会があってね。あなたたち、お互いによく知り合うべきだと思ったの。二人には共通点が山ほどあるから」

メラニーには繊細さが欠けていたが、それを補うだけの強引さがあった。エラは目を丸くし、断ろうとした。またも笑ってしまいそうな状況だ。

「メル、今、おしゃべりをしていたところなの。ちょっと時間をくれない？　一分でいいから」メラニーが一度深く息を吸いこんだ。エラは今にも神経がまいってしまいそうに見える。マットはエラと自分自身に逃げ道を与えた。「僕は大丈夫だから、行って。必要な話はすべて済ませたと思う」

メラニーが嬉々《きき》として自分のしたいようにするつもりでいるのは明らかだ。彼女はエラの手を取った。「ねえ、私、夕食の用意をしなければ。あなたはここでくしゃみばっかりしていちゃだめ。私が用意しているあいだ、ロスと話をして。マット、ブライアンを手伝ってグリルでハンバーガーを焼いてね」

その言葉がマットの注意を引いた。「グリルで焼く？　外は五度しかないんだよ」

「火をおこせば暖かくなるわ。さあ、エル」

エラは懇願するような目を肩越しに投げながら、メラニーに引きずられるようにしてキッチンを出ていった。エラを連れていかれたくなくても、マットにはどうすることもできなかった。エラは自分の意見を述べた。そして、これを認めるのは死ぬほどつらいが、エラに関してもはや何も言う権利はない。

「それで、ロスをどう思った？」

試合を観戦しに来た仲間は、ずいぶん前にほとんどが帰っていた。まだ居間に居座っているのは、マットを含むブライアンの友達数人だけだ。〝部屋の片づけは人数が足りているから、キッチンの仕事を手伝って〟と言われたエラは、メラニーに質問されるのを恐れながら、皿を食洗機に入れた。メラニーの行動はあまりにも見え透いている。案の定、エラがひとりになって五分もたたずに、メラニーは核心を突いてきた。「すごくいい人みたい」

「それだけ？　すごくいい人？　エル、彼は完璧な人よ。ディナーのとき、彼があなたを見る目つきで確信したの。彼は猛烈にあなたに興味を持ってる」

興味を持ちすぎだわ。もう少しで、私の膝の上に乗ってしまいそうな勢いだった。それに、マット。いまいましいことに、彼は食事中、一度もエラを見なかった。エラは彼の真ん前に座っていたのに、マットはたったひと言〝塩を取ってくれないか〟といっただけだ。テーブルの下で数回脚がぶつかったが、マットはまるで熱い薪《まき》に触れたかのように、すばやく脚をどけた。ロスのせいだと思いたかったが、こわばった胃は、マットがエラを頭から追い出そうとしているからだと告げた。「ええ、そうね……」

「お願いだから、彼に電話番号か少なくともメルアドを教えたと言って。メルアド？　別の連絡先？」

「メールアドレスを教えたわ」

メラニーは目を細めてほほ笑んだ。「よろしい」

「興奮しないでよ。私は彼に興味はないんだから」

「でも、可能性を無視するべきではないと思うの。マットとの仲が行きづまっているようだから」

エラの持っていた皿がシンクのなかでかたかたと音をたてた。「なんですって?」

「まったく。私を間抜けだと思っているの? それとも、この目が節穴だと?」メラニーは眉を上げた。「一日じゅう、チョコレートがけのお菓子を見るように、あなたはマットを物欲しげに眺めていた」

頭のなかでイメージが浮かび、エラの膝はくずおれそうになった。

メラニーが続ける。「それに、マット。誰かの存在に気づかないふりをするのにあれほど苦労している人、初めて見たわ。男性って芝居が下手ね。どういうわけなのか、話してくれるんでしょうね?」

「そうね……私……それが……」何もかも内密にするという誓いは、メラニーのレーザーのような目にかかると、この程度しかもたなかったのだ。めまいを覚えたエラは〝薬のせいだといいけど〟と思った。

メラニーは腕組みをして、カウンターにヒップを預けた。「なるほど、それで察しがつくわ。マットと話をしてこようか?」

「メル、だめよ!」

メラニーはエラの肘を取って小さな朝食用テーブルに案内するや、親友を椅子に座らせ、自分はその向かいに腰を下ろした。「全部話して」

言うのは簡単だが行うのは難しい。「複雑なの」

「結婚式のあと、あなたたちはいい仲になったのね? 私が出ていってから、あなたが〝ある男性〟とアパートメントで暮らしていたという噂《うわさ》は聞いたわ。でも、その話とマットとは結びつかなかった」声が優しくなった。「何があったの?」

エラは組んだ両手の上に顎をのせた。「式の翌日、私たちはディナーに行ったの。そして、そのとおりよ」メラニーが訳知り顔でにこっとすると、エラは言い添えた。「私たちは関係を持った。私がアパートメントを出るまで、彼は一緒にいたのよ」

メラニーの眉が前髪に隠れるほどつりあがった。

「丸一週間も？　まあ」夢見るような表情になり、ため息をもらす。「ブライアンに内緒よ。でも、ちょっとうらやましいわ。マットの肩ときたら……」

エラもため息をもらす。「大丈夫。わかるから」

「それに……」

「思っているとおりよ。単なる火遊び。なんの拘束も約束もない。面倒なことはいっさいなしのね」エラは言葉を切った。再び話せるようになったとき、彼女はささやくような声になっていた。「ただし、面倒なことにはなったの」

「ああ、エル。まさかあなた――」

「そうなの」エラは眉をこすった。「私は満足した。そして、マットは満足しすぎたの。彼の接近はちょっと急すぎた。彼は私に迫り始め――」

「あなたに跳ね返された」メラニーが締めくくる。

「ええ」

「エル、前に話したでしょう。あなたはその〝過度な感情の抑制〟を乗り越えなくちゃ。世の中にはすばらしい男性が大勢いるのよ。あなたがたった一度チャンスを与えさえすればいいの」

「わかっている。試してみたわ。つまり、マットと。でも、彼は私の家に来て、あることを強要し――」

メラニーは片手を上げた。「待って。マットはあなたの家に行ったの？　アラバマに？　いつ？」

ちょっと話しすぎたかも。「二週間前。ニューオーリンズで仕事があり、週末、車で訪ねてきたの」

「あなた、ひと月以上マットといい仲だったのに、私に話さなかったの？」メラニーは叫ぶような声で言った。

「しいっ。みんなに聞こえるでしょう？」エラは口をつぐみ耳を澄ましたが、居間の騒がしさは相変わらずだった。「私たちはいい仲になったわけじゃないの。どちらかといえば、ただの友人だった」エラは考えたあと言い添えた。「それから、マットがある可能性についてほのめかし始めたの。そして、私はパニックに陥った。別れる時期を誤ったのよ」

「それで、今は？」

エラは肩をすくめた。「マットは乗り越えたのよ。私のことは眼中にないと思う。彼とは二週間、話していなかった。たとえ彼が私に惹《ひ》かれていたとしても、もう終わった話よ」エラは少し涙声になっていた。「あなたが言ったように、マットは一日じゅう私を避けていた。それに、さっき話したとき、気持ちの整理がついてさっぱりした顔をしていたわ」

「あなたはどうなのよ？」

エラは下唇を噛《か》んで考えた。嘘をついても意味がない。「そのうち、さっぱりするわ」

メラニーは目を見開いた。「それって……」

「そうよ」目頭が熱くなり、エラは激しく目をしばたたいた。

「それで最近、苦しんでいたのね」

エラはうなずき、自嘲気味の笑いをもらした。

「いい気味だと思わない？　私は長いあいだ、人を寄せつけないようにしていた。今、そうされたらどういう気持ちになるか、思い知らされたわ。マットは安全そうだったから、防御壁を下ろしたの。彼に恋をするつもりはなかったのに」

「あなた、マットに恋をしているの？　まさかそこまで行っているなんて気づかなかった」メラニーはエラの頬に流れる涙を指でぬぐったあと、顔のまわりの髪をふわっとさせた。「さあ。まだ目が少し赤いけど、これで大丈夫。ここで待っていて。マットを連れてきたら、みんなを入れないようにするわ」

立ちあがったメラニーを、エラは手をつかんで引き止めた。「だめ！　マットは絶対にここに入れないで。私たちは終わったの。私は最後にもめたときの態度を謝り、マットは了承したのよ」

「でも、今あなたがどういう気持ちなのか、マットに伝えなくちゃ」

エラはこめかみをマッサージした。メラニーはなんてロマンティックなのかしら。「これは映画じゃないのよ、メル。言ったでしょう。マットは気持ちの整理をつけている。この件は終わったの。私たちは大人だし、この状況を大人として対処できる。事実……」エラは続けた。「すでに片をつけたの。マットとはこの先たびたび会う必要もなさそうだし、もう終わったことなのよ」

「エル……」メラニーはおだててなだめようとした。

「メル……」エラは警告した。

メラニーは目を閉じ首を振った。「わかった。どっちみち、あなたみたいな頑固者、見たことない」

自分の勝利とメラニーのお節介から逃れられたことでほっとし、エラは親友の手を軽くたたいた。

「ロスのメールに返信すると約束したら、少しは気分が直る？　むろん、メールが届いたらだけれど」

普通、そう約束すればメラニーは満足する。だから、かすかに顔をしかめた親友を見てエラは驚いた。

「今のあなたに、ロスは最善の選択ではないかも」

意見がころりと変わるんだから。「なぜ？」

「ロスはマットの友達よ。あなたとマットが穏やかに別れたとしても、ばつが悪くなる。そういう状況で……あなたが立ち直ろうとしているんだったら、あなたにもロスにとってもあまりよくないわ」

「私は立ち直ろうとなんてしていないわ！」

「こっちから見てると、違うふうに見えるけど！」

「だったら、眼鏡が必要ね。そうよ、私は彼にすっかり夢中になり、少し傷ついた。でも、私は――」

「立ち直ってない？」メラニーはからかった。

「もう、いいかげんにして」

メラニーはくるりと目をまわし、ため息をついた。つかの間、二人とも無言だった。不思議にも、親友との小競り合いで、エラの気持ちは少し晴れた。

　先に沈黙を破ったのはメラニーだった。「いいことを教えてあげる。ディナーでもなんでも、ロスに公平なチャンスをあげて。私は黙っているから」

「だったら、〝立ち直ってない〟だなんて言って私を責めるのはやめてくれる？」

「あなたが慎重に行動するなら——あなたたち二人のためにも」

「了解」エラは握手の手を差し出した。

　メラニーは差し出された手を握り、表情を和らげた。「ねえ、私はただ、あなたに幸せになってほしいだけなのよ」

「わかってる。そういうあなたが好き。私があきらめて大勢の猫と暮らすようになるまでには、まだ何年かあるわ。だから、まだパニックに陥らないで。いいわね？」

「わかった」

11

　マットは朝のジョギングに励むタイプではない。だが、日の出を仰ぎながら十キロの歩道をジョギングするのは、今週に入ってこれで三度目だった。

　最高にエロティックな夢に、彼は毎晩眠りを妨げられていた。連日エラが主演するこれらの夢は、日曜の夜、シカゴから戻って以来、ますます過激になる一方だった。マットは激しく高ぶって目を覚ましたが、夢のなかで見た光景を実演し、鬱積を晴らすチャンスはなかった。

　感情を麻痺《まひ》させ、汗をかき、走ることでエネルギーを発散させる。

　この数週間で、マットは距離を重ね、タイムは日ましによくなっている。今ならエラやロスコーと互角に勝負ができるが、あいにく勝負の機会はない。

これほど体が引き締まっているのは初めてなのに。

マットは息を切らしながら角の店の前で足を止め、新聞とボトル入りの水を買った。シャワーを浴び、急いで朝食をとり、九時までに打ちっ放しのゴルフ練習場に行く予定だった。

階段を一段飛ばしにして三階まで駆けあがったあと、マットは鍵を取り出し、自分のアパートメントの玄関ホールに向かった。新聞の見出しに目を通しながら歩いていた彼は、アパートメントのドア付近でふいに声をかけられ、びっくりした。

「マット、捜していたのよ！　まさか土曜のこんな朝早くに外出しているとは思わなかったわ」

同じアパートメントに住むジリアンが近づいてきたのでマットはドアを開け、なかに招き入れた。彼女は近くのパン屋で買った紙袋を手にしていた。

「走るには格好の時間だよ。僕になんの用？」マットは新聞と鍵をカウンターに置くと、キッチンのなかに入った。「コーヒーでも飲む？」

ジリアンは首を横に振り、ソファの肘掛けに腰を置いた。「ただお礼を言いたくて。彼女は最高よ」

「最高って、誰が？」

「あなたの友達よ。エラ・マッケンジー。いくつか、本当にすばらしい作品があるの」

その言葉がマットの注意を引いた。水の残りを飲み干してから改めて尋ねる。「エラ？」

「ええ、昨日、彼女から写真をもらったの。上司は彼女を気に入ると思うわ。地域に根づいているし、ほとんど独学だというし。宣伝パンフレットにはその辺を強調するつもり」ジリアンはにこっとした。「もちろん、この異端な才能を世間に知らせるため、あらゆる賛辞を並べ立てるわ。で、お礼にクッキーを持ってきたの」彼女は紙袋をマットに差し出した。

マットはぼんやりと袋を受け取り、カウンターに置いた。「エラが君に写真を送った？　作品の写真を？」

「あなた、今日は少し反応が悪いんじゃない？」ジリアンはマットがうすのろだと言わんばかりに、ひどくゆっくりしゃべった。「ええ、エラは、評価してほしいと作品を写真に撮って送ってきたの。いい判断だった。彼女に電話するつもりよ。エラにうちを紹介してくれてありがとう」

「彼女が君に写真を送ったことに驚いているんだ。僕が提案したとき、エラはまったくその気がなかったから」

「そう、だったら気持ちが変わったのね。それに、気が変わってくれて本当によかった。ギャラリーは〝新しい南部――新たな才能〟という展覧会を三月に実施するの。エラに場所を提供するつもりよ」

エラにとっては何よりだ。彼女を誇りに思うべきかどうかはわからなかったが、どちらにしてもうれしかった。作品をひと目見ただけで、エラに才能があるのはわかった。ただし、自分の目の高さが証明された満足感は、わびしい残念賞だ。

ジリアンは指を曲げ伸ばしした。何かうれしいことがあるのは明白だ。「新たな才能の発見を祝い、先週ノードストローム百貨店で見つけたブーツを買うわ」マットが首の汗をふくのを見て、彼女は眉間にしわを寄せた。「早くシャワーを浴びたほうがいいわよ。私はもう帰るわ」彼女は立ちあがった。「帰り道はわかるから、見送りは結構よ」

それでもマットは、ｉＰｏｄのホルダーを腕から外しながら、ジリアンを玄関まで送った。

ジリアンは玄関を出たあとで足を止め、にっこりと笑った。「そうだ、まず言わせて。やったわね」

えっ？「やったわね？」

ジリアンの笑みが大きくなった。「あなたを描いた一枚は最高にホット……あれ、あなたよね？」

「なんの話をしているのか見当もつかない」

「ハニー。もしあなたが副業で稼ぎたいのなら、あなたをモデルに雇う人を山ほど知っているわよ」

ジリアンは頭がおかしくなったのか？　言っていることが支離滅裂だ。「ちょっと待ってくれ。まず第一に、僕はモデルになっていない。第二に、君が言う一枚ってなんの話だ？」

ジリアンは眉間にしわを寄せた。「エラは、私に見てほしいと十二枚の作品の写真を送ってきたの。すべて風景画だった。最後の一枚を除いて。それは油絵で、彼女の話ではまだ完成していないそうなの。それを見たとたん、絵のなかの男性はあなただと確信したわ。エラからは、あなたたちはごく親しい友人同士だと聞いていたし、男性はあなたにそっくりだったから」ジリアンは言葉を切って目を大きく見開いた。「あなたは知らないっていうの？」

マットは廊下に出ると、背後でドアを閉めた。

「その絵を見せてくれ」

ジリアンは彼を自分のアパートメントに案内した。家のなかはマットのアパートメントと同じ間取りだったが、抽象画が壁一面に並べられたり、家具の様式がさまざまだったりと、彼女の芸術家としての一面が発揮されていた。まわりの色の洪水のなかで、コーヒーテーブルの上に置かれた黒いノートパソコンだけが、完全に異彩を放っていた。

ジリアンは、マウスを数回クリックし、メールの受信ボックスを開いた。「エラは、別にパワーポイントで作成した作品の説明をつけてきたの。彼女ってちょっとしたコンピューターの専門家よね？」ジリアンは声をあげて笑ったが、マットが乗らなかったのですぐに真顔に戻った。「スクロールさせて」

何枚もの写真がスクリーン上に現れた。そのうちの数枚は、あの日アパートメントで見た絵だった。

「ほらこれよ」ジリアンはマットによく見えるようにモニターの位置をずらした。「これにはまだ手を入れる必要があるとエラは言っているけれど、私はとても魅惑的な作品だと思うの。彼女の技量の高さを示している。だって、細部をよく見て。下塗りでさえ……」

シカゴのエラの寝室が画面いっぱいに映し出されると、ジリアンの声は背後で聞こえる単調な音と化していった。それがどこであったとしても、マットにはわかっただろう。場面は夜。寝室は暗く、ベッドのまわりは、ぼんやりした灯《あかり》で照らされているだけだ。それが窓から差しこんでくる街灯だということをマットは知っていた。絵の正面には四角い光と床に伸びる女性の影が描かれている。女性は居間と寝室を仕切るドアを開き、背後の光を頼りになかをのぞきこんでいるようだ。その光は部屋の隅にかろうじて届いているだけなのに、マットにはむきだしの壁や、部屋の暗い片隅に重ねられた箱が見えた。

だが、その絵の中心はベッドとそこに横たわる男性だった。長身で肩幅の広い男性が、上半身裸でうつぶせに横たわっている。男性は体に巻いたブルーの縞柄《しまがら》の上掛けをウエストで束ね、片脚の膝から下を露出させていた。ベッドには彼ひとりだ。片手を影の女性に投げ出しているところを見ると、少し前に、彼女とベッドをともにしたのかもしれない。

ふいに状況を理解し、マットの胸の支《つか》えがいっきに取れた。エラは僕を描いた。彼女のベッドで眠っている僕を。絵は幻想的だったが、箱や寝室を見ると、まさしく数週間前、僕が荷造りを手伝った部屋だ。ベッドにいるのは僕に違いない。僕の肩は実際にはこんなに広くないかもしれないが、髪はそっくりだ。それに、エラが荷造りしているあいだ、彼女のアパートメントに泊まっていった男がほかに何人いる？

ジリアンは相変わらず絵を褒め続けている。完全に批評家モードになった彼女は、今度は違う特徴を指摘した。「この絵は水彩で描かれた風景画とはかなり違うの。彼女、いろいろな面を持つ人だと言っていたわよね？　光と影の強烈な対比はキアロスクーロと呼ばれていて、エラはそれを極めている。これからは油絵をもっと描くよう勧めるつもりよ」

ジリアンは画面を指でたどりながら話したが、マットは彼女の話に集中できなくて困った。最も目立つ位置に自分が描かれているので、なおさらだった。

ジリアンは指で男を撫《な》でた。「これはあなたよね？　顔ははっきり描かれていないけど、この後背筋と三角筋は、下のウエートトレーニング室で見覚えがあるわ」彼女はクリックして注釈の部分を出した。「エラは《火遊び》という題をつけている」

マットの胃が引きつった。火遊び。エラが微妙な点をついているのは間違いない。二人がしたのは確かにそれだ。でも……。

「これを僕にメールで送ってくれ」

ジリアンはたじろいだ。「エラの許可なしに、彼女の作品をあちこちに送れないわ」

「なんでもいいから送ってくれ」

ソファに座ったまま興奮してまくしたてるジリアンを残し、マットは自分のアパートメントに戻った。

湯の温度を最高にしてシャワーをひねると、マットは服を脱ぎ、しぶきの下に立った。噴き出す湯の無数の小さな針に打たれ、筋肉の緊張を取ろうとしたが、うまくいかなかった。

エラが僕を描いた。彼女はそのことを僕に告げようともしなかった。マットはエラの家で過ごした週末を思い返した。けんかで終わった週末だ。イーゼルの上に布がかかったキャンバスが立てかけられていたが、それについて彼は尋ねなかった。あのとき、彼の頭はほかのこと――主に彼女をベッドに引っ張りこむことで頭がいっぱいだった。そして、キャンバスはマットが来てまもなく、別室に移されてしまった。布の下にあったのが、あの絵だったのか？ エラがどれだけの時間をかけてあの絵を描いたのかわからない。それに、未完成にしろ完成しているにせよ、ジリアンに送れるような作品にするまで、しばらく創作を続けなければならなかっただろう。

エラがジリアンに言った〝完成〟には、悪魔のしっぽと角を描き加える作業が含まれるのかもしれない。

同時に、彼と一緒に過ごしたことで、エラが心を動かされ創作意欲をかき立てられたと思うと、マットは満足だった。たとえ絵の題名が《火遊び》でも。エラが二人の関係にどう決着をつけたかはともかく、僕を完全には頭から追い出せなかったのだ。

マットはシャワーを水にし、一分ほど体にかけた。それからシャワーを止め、タオルに手を伸ばした。

エラとのことは、とんでもない混乱状態だ。マットは完璧な女性を見つけた。ただし、彼女は違う州に住み、激しやすく、男女の関係について根深い問題を抱えている。僕と関わりたがらない女性に恋をしたのは、単に僕の運命なのだ。

マットの手が止まった。なぜ胸の奥がうつろなのか、やっとわかった。僕はエラを愛している。いつ、どこで、なぜそうなったのかはわからない。だが、それ以外、説明がつかない。

僕はエラを愛している。

だが、エラは僕を愛していないし、交際を続け、いつか僕を愛せるようになるか確かめる気もないのだ。これは重大な罰――エラが言う宿命《カルマ》に違いない。

カルマなんてくだらない。

少なくとも、エラは僕との関係で何かを得た。マットはエラの絵の題材に選ばれたことで少し心が慰められた。

彼女の絵……。マットの頭の奥で何かが引っかかった。エラは絵について言っていた……。

〝絵に描いた場所はすべて、私にとって特別な場所なの。いわばどの場所にも私は愛着を持っている。その対象物への愛がなければ絵には描けない、と言ってもいいわ〟エラは肩をすくめてそう語ったあと、ぶっきらぼうに作品の主題やすべての絵を保存している理由を説明した。

「対象物への愛がなければ絵には描けない」

ヒップにタオルを巻きつけながら、マットは寝室に向かった。ブリーフケースからノートパソコンを引き出すと、ベッドの上に座り、パソコンが立ちあがるのをいらだたしげに待った。メール受信箱をクリックし、ジリアンからのメールがないか調べた。来ていなければ、とっちめてやるが……。あった。

〈私の首がかかっているのよ。絶対にほかにもらさないで……あなたの住所を知っていることを覚えていてね〉

もう一回マウスをクリックすると、《火遊び》が画面いっぱいに現れた。最初のショックが過ぎ去った今、さまざまな記憶がよみがえった。だが、回想にふける暇はなかった。マットは答えを探索した。近くでよく見ると、未完成の部分がわかる。細かいところが省かれたラフスケッチは、この先、背景に描き加えるつもりで一時的に空間を埋めたものだ。

だが、男性は——彼は完成していた。マットは写真を拡大し、細部に驚いた。絵を近くで見たら、筋肉の輪郭を際立たせ、背骨の浅い線を形作る、繊細な陰影がわかっただろうに。髪の一本一本まで数えられるほどだ。デジタル画像でこれほど細部まで綿密に見えるとしたら、本物はどれほどのものか。マットには想像するしかなかった。

だが、光の揺らめきによって男のまわりは輝いている。これが彼の主張が正しいことを証明していた。

もし、愛情のない対象物を絵に描けないのだとしたら、エラはこの男を愛している。小さな筆跡のひとつひとつに、細部への注意深さと気遣いが示されている。これは絵の題材を愛する者にしかできない。

エラは僕を愛している。

だったら、どうして僕を遠ざけた？

その瞬間、理由はどうでもいい、とマットは心を決めた。エラは僕を愛している。僕もエラを愛している。重要なのはそれだけだ。どんな手段を講じることになろうと、エラに僕への愛を認めさせよう。

それ以外の細かい問題はあとで片づければいい。

受話器を取り、南アラバマのエリアコードを押したあと、マットは手を止めた。これは、電話で解決できる問題ではない。かかってきた相手の名前を見て僕だとわかったら、はたしてエラは電話に出てくれるだろうか。エラはこの感情的な衝突から逃れようとするだろう。たぶん、先週末のようにあらゆる手を尽くしてマットを避けようとするに違いない。

マットは、〝来週の月曜とおそらく火曜も出社できない〟とアシスタントにメールを送った。同時に、見習い弁護士に、目下進行中の案件をどう処理するべきか指示を与えた。これでエラを説得するための時間が三日できた。願わくは、エラが恐ろしく頑固でなければいいのだが。だが、もしエラが頑固さを発揮しても、少なくとも大事な証拠は握っている。

予告なしに、再びエラの家のポーチに現れたら、ストーカー罪で逮捕されるかもしれない。しかし目下のところ、マットにはそれしか案はなかった。たとえ案が乏しくても、長いドライブのあいだに詳細を練る時間はたっぷりある。

かなり気分がましになり、マットはエラの海辺の家に向かうため、荷造りをしに行った。

12

ロスがジャガーのエンジンを切ると、エラは彼に視線を向けた。それまで足元で聞こえていた低いうなるような音が消え、静けさが広がった。メラニーの家でロスが示した好意は本物だった。月曜の午後、エラが家に戻ると、メールの受信箱にロスからのディナーの誘いのメールが入っていた。手に負えない友人と取り引きしたこともあり、エラは誘いを受けなければならない気がした。

それが大きな間違いだった。

ロスは魅力的でユーモアもあり、すてきな男性だ。エラとは共通点もたくさんある。いい仕事に就き、高級車を持ち、健康状態も申し分ない。あらゆる点で、最高に結婚相手にふさわしい男性だ。

だが、彼はマットではなかった。

なお悪いことに、ロスはマットの友人だ。そして、その事実は、予想外に大きな問題になった。

実際、ディナーのとき、マットの名前がしばしば出てくるのは避けられなかった。ロスはマットとブライアンの高校時代からの友人で、彼の話はたびたび〝ブライアンやマットと遊んでいたころは〟という言葉で始まった。ロスの話がマットに及ぶたび、エラの胸はナイフで突き刺されるように痛んだ。マットを忘れるためにロスとつき合うのは、最善の方法ではない。それどころか、エラは前よりいっそう気分が暗くなった。

それに、マットの友人とデートをするのは不適切な気がした。それに、悪趣味だ。

ロスは、助手席側にまわってドアを開け、エラが車高の低い車から出るのを手伝った。そして、〝最高の結婚相手〟の基準をマナーのよさで完成するかのように、エラの肘を取って正面玄関までエスコートした。彼はエラが鍵を開けるのを待った。

「今夜は楽しかったわ、ロス。ありがとう」

「僕もだよ、エラ。近いうちにまた会いたいね」

エラは、愛想はいいがあたりさわりのない笑みを浮かべた。ロスはドアの前に立ったままだ。寄っていって——そう言われるのを期待しているのだろう。彼女にはそこまで進む心の準備はまだなかった。

「寄ってほしいけれど、今、部屋が改装中で……」

ありがたいことに、ロスはそっけない拒絶を丁重に受け止めた。「では、また今度」

ロスがキスをしようと身をかがめたとき、エラはパニックに襲われた。結局、最後の最後で背を向けたので、ロスの唇はエラの頬をかすめただけだった。彼の目に失望感がきらめいたが、どこまでも高潔なロスはあえて言及しなかった。

ロスが手を握りおやすみと言ったとたん、エラの全身に安堵《あんど》の波が押し寄せた。それから彼は、エラに〝彼の友人に恋してなければよかったのに〟と思わせるような笑みを浮かべると、高級車に戻り、手を振って走り去った。

エラは息を吐き出し、この数時間で初めて緊張を解いた。冷蔵庫に入れたワインのボトルにまだグラス一杯分くらい残っているといいけど。今のエラには、アルコールでしか得られない癒しが必要だった。

玄関ドアを押したとき、誰かに見られているような気がして、エラのうなじの毛が逆立った。右手に何かが動く気配を感じ、彼女ははっと短い悲鳴をもらした。その刹那、暗がりから男性が現れた。

エラの悲鳴を聞き、ロスコーが低いうなり声をあげ自分の家のポーチから突進してきた。子犬が猛烈な勢いで通りを横切ったとき、飼い主の家のポーチの明かりが点灯した。

マットが〝エラ〟と呼びかけたのとほぼ同時に、エラも彼に気づいた。彼の声を聞き、エラの胸にさまざまな思いがどっと押し寄せた。だが、感慨にふけっている暇はなかった。次の瞬間、エラのそばに到着したロスコーが、うなり声をあげてマットを威嚇したのだ。厳密にはまだ子犬でも、ロスコーの体高はエラのウエストまであり、体重も四十五キロ以上ある。ロスコーは、怪しいと判断した男とエラのあいだに割りこんだ。マットは賢明にもじっとしたまま、犬が落ち着くのを待った。

「いい子ね」エラはロスコーの頭を優しく撫《な》でた。

「大丈夫だから」ロスコーは納得せず、エラを押し倒しそうな勢いで体を寄せてきた。そして、マットが立っているところに向かってうなりつづけた。マットの目がエラを貫く。彼は疲れているようだ。そして、何かの理由で少し腹を立てている。もっとも、突然現れたマットに、エラのほうこそ怒りたかった。彼が去ったことを受け入れようと努力しているのに。エラは受け入れていなかった。そう、完全には。

ロスコーの飼い主がベランダに現れ、声をかけた。

「何かあったの、エラ？」

「大丈夫です。ただ、ちょっと驚いてしまって。ロスコーを呼び戻してくれませんか？」

番犬役を真剣に務めているロスコーは、飼い主に呼ばれると、マットに低い声でうなりながら、ゆっくり家に向かった。犬小屋に戻ったあとも、ふせの姿勢で、マットをうさんくさそうに見張り続けた。

アドレナリンの放出とマットの堂々とした態度のおかげで少し震えながら、エラは鬱憤を発散させた。

「あなたって確かに、登場の仕方を心得ているわね。ロスコーに少しくらい吠《ほ》えられたって、噛《か》まれなかっただけ幸運よ」

「心に留めておくよ」

エラは自分の声が震えるのがいやでたまらず、必要以上に勢いよくドアを開けた。「ところで、ここに何をしに来たの？」エラはマットの答えを待たずに家のなかに入った。なかに入るよう勧めなかったが、鼻先でドアを閉めるようなまねはしなかった。

実際、今はマットと関わりたくなかった。まだめまいがしたし、制御しかねる生々しい感情と向き合っていたからだ。今夜はロスと過ごした。ロスがした思い出話にはあちこちにマットが出現した。おかげで、エラはこの再会にまったくふさわしくない気分に追いこまれていた。

だが、マットをポーチに置き去りにはできない。先週、二人のあいだの誤解を解いたことになっているのだからなおさらだ。そこでエラは、戸口で躊《ちゅう》躇《ちょ》しているマットを招き入れた。「それで？」

「君と話がしたかった」彼は困惑顔でつぶやいた。

「電話で済むことなのに」

「だけど、君は出てくれたかな？」ずうずうしく挑んでくるマットに、エラは平手打ちしたくなった。

エラは肩をすくめたあと、きびすを返して冷蔵庫にワインを探しに行った。くつろぐのは今や無理だが、心を落ち着けたほうがいい。「なぜ私がそんなことを？　お互いに水に流したし、恨みはないわ」

だが、その実、エラの胸はかき乱され、食べたばかりのディナーを胃におさめておくのに苦労していた。普通の声に聞こえるといいけど。さもなければ、少なくとも、恐怖で声が出なくなればいいのに。

「ワインをどう？」マットが首を横に振ったので、エラは話を進めた。「わかった。では、話して」

ワインをつぐエラを、マットはすぐそばで観察した。無言で見つめる彼の目がエラのすり減った神経をさらにすり減らす。エラは深呼吸して怒りを抑え、何気ない声を出そうとした。「それで？」

「君は体調がよくなったようだね」

わかったわ。世間話から入るのね。二人とももっと重大な話題を避けていることには気づいていたが、そのおかげで気を取り直す機会ができた。「ありがとう。完全に立ち直ったわ」

「よかった」

マットが見つめるのをやめて何か言ってくれないと、エラは叫び出しそうだった。不安のあまりじりじりしたが、彼に尋ねるようなまねは断じて……。

「まさか、ロス・ケリーが、君を家まで車で送ってきたわけじゃないよね」

突然の話題の転換に、エラはめまいを覚えた。彼の声に嫉妬が混じっていると思ったのは、私がそう望んだから？　「私に嘘《うそ》をつかせたいの？」

「僕の友達とデートを？　信じられないよ」マットの声はガラスも切れそうなほどとがっていた。エラは一度深呼吸し、たじろがないよう努めた。

「ディナーに出かけたの。彼はとてもすてきな人だわ。あなたが口をはさむことじゃないでしょう」

「いや、僕には口をはさむ権利があると思う」いらだった声で言うと、マットはエラの手を取って部屋の反対側のカウンターに連れていき、彼女をスツールに座らせた。自分は両手を腰に当ててエラの正面に立った。「ロス・ケリーはマザコンで――」

エラはあまりのじれったさに叫びたくなった。

「正直に言って、マット。あなたがわざわざここまで車を運転してきたのは、私がディナーの相手を選び損なったことを非難するためなの？」

マットは眉を上げただけだった。

「そうじゃないはずよ」わかったわ。こうなったら子どもじみているけど、売られたけんかは買ってあげる。でも、攻撃は最大の防御だ。「何を言いたくて来たのか知らないけど、さっさと言ったら――」

「君ほど頭に来る、腹立たしい女性は初めてだ。君は疑い深くて、身のまわりのことに異常に几帳面《きちょうめん》で、誰も自分のそばに近寄らせない。エラ・マッケンジー、君は正真正銘、男の忍耐力をすり減らす人だ」

マットにそう言われ、エラは平手打ちされたような気分になった。彼の声に激しさはなかったが、だからといって、辛辣さがなくなるわけではない。けれど、すぐさま怒りがこみあげてきた。

「へえっ、あなたって本当に女の子を喜ばせる方法を知りつくしているのね?」腹が立ちすぎて座っていられなくなったエラは、バースツールから下り、部屋を歩きまわった。「でも、役に立つ助言をさせて。目的を達成したいなら、もっと口説き文句を研究したほうがいいわよ」

「僕がわざわざここに来たのは、君と慌ただしいセックスをするためじゃない」マットの顎の小さな筋肉が引きつった。にもかかわらず、彼の顔は落ち着いていた。もっとも、エラもばかではない。彼女は、マットのこういう表情を前に見ていた。

「ねえ、前回の私の態度については謝ったわ。あなたも謝った。だから、わからないの――」

「君の絵を見たんだ、エラ」

エラはショックで凍りついた。まあ、なんてこと。

「えっ? いつ? どうやって?」

マットはくすくすと笑った。「君が言葉を失うのを見るのはいいものだな。僕が前に言ったジリアンを覚えているだろう? 君が彼女に作品の写真を送ったので、彼女に礼を言われた。それにジリアンは、《火遊び》はとてもいい肖像画だと思っている。君はとても才能があると言っていたよ。ところで、君はすぐに彼女から詳しい説明を聞くべきだ」

プロに評価された、という興奮とプライドが、マットにあの絵を見られた屈辱とせめぎ合った。奇妙な気分だった。今度こそエラは言葉を失い、小さな声で〝まあ〟と言うのがやっとだった。

「君の言うべきことはそれですべてか?」

まったく、なんて言ったらいいのかしら？

マットの注意は、窓辺に置かれたイーゼルに移った。彼が部屋を横切り、イーゼルを覆う布を取ったとき、エラの心臓の鼓動は倍の速さになった。

マットに絵をじっと見つめられ、エラは唇を噛んだ。当惑しすぎて死ぬことはあるのかしら。

「実物より印象的だ。君はすごいな、エル。テーマは別として、ジリアンがこの作品に興奮した理由がわかるよ。キロ……シオル……」

「キアロスクーロ」エラは反射的に言った。

「なんにしろ、君はそれがうまい」マットに見つめられ、エラは身動きできなくなった。「僕に教えてくれるべきだったのに」

エラは説得力のありそうな言い訳を選び出したあと、すべて苦しすぎると捨て去った。「そうね、あなたの許しなしにこの絵を表に出したことは謝らなければ。ただ、何か違うものを送りたかったの――風景画と一緒に。ああいう水彩の風景画よりいいものが描けるところを見せたかったのよ。これはまだ完成していないの。だから、評価の対象からも簡単に外せるはずだし」マットに相変わらず見つめられ、エラは外の砂丘にいっそ埋もれてしまいたいと思った。〝契約法〟に進み、マットは天職を逃した。彼は法廷に立ち、反対尋問で証人をずたずたにするべきだったのに。「ジリアンに、モデルがあなただと悟られるとは思わなかった。正直なところ」

「僕が言いたいのは、そこじゃないんだ。君もわかっているはずだと思う。ほら、赤くなっているぞ」ついにマットは少し身をかがめ、彼女の手を取ってソファに連れていった。今度はエラの隣に自分も腰を下ろす。彼の声には勝利の響きがあった。「僕は、本当かどうかを知りたいだけだ」

「本当？」エラは、何かできそうなことはないかと知恵を絞り、時間を稼いだ。

「僕はあの日、キャンバスの角にひどく頭をぶつけた。だが、はっきり覚えている。君は絵の題材についてはえり好みをする、と言っていた。愛しているものでなければ絵に描けないって。それは、僕にも、僕の絵にもあてはまるのか？」

まあ、なんてこと。罠《わな》にはまってしまった。マットの瞳は、わかっているぞとばかりに輝いている。そして一瞬、エラは成り行き上、嘘もやむをえないと思った。いいえ、と答えたら、マットは私の言葉を受け入れて家に帰るかしら？　これは何かの奇妙なゲームなの？　私に気持ちを告白させ、接近し、立ち去るつもりなの？　マットを愛していると認めたら、自分自身を危険な立場に追いこむ……。

「なあ、エラ？」

彼の取り澄ました声で我慢の限界を超え、エラはいらだちを爆発させた。「ええ、いまいましいけれど、そのとおりよ。私はあなたに恋をしてしまった。そして、今やすべてがとんでもない混乱状態になっている。ほら、言ったわよ。これで満足した？」エラはマットをにらみ倒すつもりで、彼と目を合わせた。だが、彼の目にきらめく光を見たとたん、エラのいらだちは即座に消えた。

「ああ」マットの口元が上がった。彼はエラに手を伸ばし、いとも簡単に彼女を膝の上に抱えあげた。エラの全身は〝ああ〟という大きな励ましの声とともに目覚めた。マットの手が頬にかかり、彼女の鼓動は急に速くなった。「すごく満足した」

だがマットの言葉は、エラの胸におなじみの恐怖も巻き起こした。どんなに望んでもこんなまねはできない。痛みやみじめさや戸惑いで苦しみつづけたこの数週間、自分は男性と親密になる柄ではないという思いはますます強まった。特にマットのような男性が相手ではなおさらだ。彼のような完璧に――。

まるでエラの心を読んだかのように、マットがささやいた。「少しは僕を信じてくれ」

「できないわ。信じたいけど、できないのよ」最後に彼が去ったとき、あまりにも傷つきすぎた。再びそんな目にあったら耐えられない。それに、次回はもっと傷が深くなるだけだろう。

「いや、できるはずだ」

穏やかで確信に満ちた彼の声に、エラはいらだち、同時に慰められた。「マット、私――」

「成り行きに任せるんだよ、エラ」マットの息がかかり、エラのうなじの産毛が逆立った。息を吸いこむと、マットの香りが体じゅうにしみわたり、彼女の気持ちを静めた。マットはエラの額に額を重ね、チョコレート色の瞳で彼女を見つめた。「僕も君を愛している」締めつけられていた胃が緩んでいく。

だが、古い習慣はしぶとく生き残っていた。「でも、どうするの――」

「落ち着いて。ほかのすべてはささいなことだ。あとで二人で話し合おう。問題なのはこれだけだよ」唇をキスでふさがれ、つかの間、彼女はマットの言葉を信じた。

「言葉で言ってくれ」マットはささやいた。

「愛しているわ」

エラが答えるなり、マットは彼女を抱いたまますばやく立ちあがり、キスを一度も中断することなく迷わず寝室に移動した。

エラを注意深くベッドに寝かせてから、マットがシャツを頭から脱いだとき、エラは同じ光景を前に見たような気分に襲われた。ただ今度だけは、エラは〝混乱した〟部分やそのあとに続くすべてが、待ち遠しかった。身のまわりのことにきわめて几帳面なエラの気質は再び警告を発し、何か起こった場合の計画や逃げ道を要求している。だが、エラは警告の声を打ち負かした。流れに身を任せるのは悪いことではない――特に寄り添う相手がいるときは。

マットはエラの隣に身を横たえ、彼女の服の裾を探った。「友達に君を奪われ、気分が悪かったよ。男同士の協定に違反する行為だ」

エラは両手をマットの固い胸板に広げ、指先に伝わる活力を感じ、ため息をもらした。「ロスとはただ出かけただけ。メルにそうすると約束したから」

「次に会ったら、メラニーをとっちめてやる。忘れていたら教えてくれ」

むきになっているようなマットの言い方に、エラは声をあげて笑った。「そんな必要ないわ。ロスは二度と私を誘わないと思う。ほかに好きな人がいるのに、違う相手とデートするのは大変だったわ」マットにむきだしのヒップを引き寄せられ、エラはあえぎ声をもらした。

「それを聞いてうれしいよ」

「私が短気で腹立たしい女でも？」

マットはにやっとした。「ああ」

「だったら、私のすべてはあなたのものよ」

エラが下のほうに手を伸ばすと、マットはうなり声をあげ、彼女の首筋に唇を押し当てた。「よし」

マットは両手と唇でエラの肌をゆっくり探索し、彼女の体に火をつけた。だが、彼は急がなかった。やがてエラが身じろぎし始めると、マットは彼女の手首をつかみ、頭の上に固定した。重い腿を腰にかけられ、エラは身動きできなくなった。マットの目がエラを貫く。「もう一度、言って」

「愛しているわ。愛しているの。愛している」

エラが最高に満足したことに、マットは彼女の言葉に対する感謝を行動で表した。

エピローグ

「だから言っているだろう。それは展覧会に出さないんだから、ジリアンのところに運んじゃだめだ」マットが意固地になりエラとキャンバスのあいだに割って入ったので、エラは《火遊び》を運送用の木枠に詰めるのが非常に難しくなった。

「冗談でしょう？　ジリアンが勧めてくれた一枚なのに。買い手がつかないとでも？　彼女はこの作品が展覧会の呼び物になるとも言っているのよ」

「ほかの作品を選ぶんだね。これは僕の絵だ」

「こんなことをしている時間はないの」エラは彼の周囲から巧みにまわりこもうとしたが、マットは煉《れん》瓦《が》の壁のようにエラと《火遊び》のあいだに立ちふさがっていた。エラは彼を突き飛ばそうとした。

「どいて。《火遊び》を展覧会に出すんだから」

すでに一時間前に、車に乗りこんでいるはずなのに、マットにはエラを慌てさせる才能がある。エラはジリアンに、三月に開催される展覧会に備え、明日の朝までに絵を搬入してほしいと言われていた。

マットは三週間かけ、〈ソフトワークス〉の仕事をパートタイムにすることをエラに承知させた。彼に言わせると、その三週間が永遠にも思えたそうだが、エラに言わせれば、超高速スピードだった。おかげで、エラは《火遊び》を完成させただけでなく、次々と新たな作品を描き始めた。おまけにマットは、〈ソフトワークス〉に出社していない残り四日を、アトランタで過ごすようエラを説き伏せた。そのため、この二カ月、エラは頻繁にペンサコラ空港を訪れ、ついにチケット販売係や空港警備員とファーストネームで呼び合う仲になった。

ただ、あれほど強行にエラに絵を描くよう勧め、ジリアン経由で展覧会を開く了解を取っておきながら、今マットはこの特別な作品を展示させないと言い出し、頑として譲らないのだ。キャンバスを木枠に詰める作業を手伝い、アトランタまで車で送るというマットの申し出を断ればよかった。

「これは私の絵よ。私がそれを出すと言ってるの」

「だったら、絵を君から買うよ」

「真面目になってよ」

「真面目だ。値段を言ってくれ」

正直なところ、エラは《火遊び》を売りたくなかったし、その意向はすでにジリアンに伝えてある。だが、展覧会には出したかった。マットにはまだ、ジリアンに絵を非売品にすると言ったことを知らせてはいないが、彼の片意地な態度にいらだち、エラは打ち明けるものかという気分になっていた。

もうひとつ、マットが知らないことがあった。展覧会が始まる三月中旬に、エラはついにアトランタに引っ越しすることを決めたのだ。上司が在宅勤務を認めてくれたので、〈ソフトワークス〉の仕事は、マットが言う〝万一の保険〟として確保しておける。エラが〈ソフトワークス〉の仕事を今すぐ手放せないことを、マットは理解してくれたらしい。だから、エラがいつでも絵を描けるように自分が個人的な支援をすると申し出たものの、ごり押しするようなまねはしなかった。

それもまた、エラがマットを好きな理由のひとつだ。今のように、ときに彼を絞め殺したくなっても。

「あなたにこの絵は売らないわ」

反撃に出る代わりに、マットはやり方を変えた。

「じゃあ、交換するのはどう？」エラに承知させたくて、マットは口元を引きつらせた。

「交換？　興味をそそられるわね」

「これと交換したい」マットは言い、ポケットから小さな黒い箱を取りだした。「あの絵を」

　マットが箱を開くと、エラの心臓は止まりそうになった。ダイヤモンドがエラに向かって輝きを放っている。早すぎるわ。あまりにも重大だし。

　でも、完璧だわ。

「それで、エラ。どう思う？」マットは目尻にしわを寄せてにこっと笑うと、箱を差し出した。

「きれいだわ」それに、ばかげているが、エラは指輪やそれに付随するすべてを受けたかった。これで、自分自身がハッピーエンドを実現できるかも。

「僕がきいたのは、そんなことじゃないよ」

　あなたは実際には何もきいていないくせに。「私は《火遊び》を展覧会に出すつもりよ。でも、売る気はないの。それに、指輪と交換するつもりもないわ。展覧会が終わったら絵はあなたのもの。付帯条件なしでね」

　マットはエラを抱き寄せた。「ああ、付帯条件はあるとも。条件だらけだ。それにまず、君はその絵に新しい題をつける必要がある。僕たちの関係は単なる《火遊び》ではなかったんだから」

「失礼だけれど、私たちの関係は《火遊び》のはずだったわ。実際、それがあなたの計画だったはずよ、そうでしょう？」

「で、慎重に練りあげた計画さえ、期待とは違う方向に進んでしまった」マットはなだめるような笑みを浮かべた。「エラ、君は結婚したくないのか？」

「それはプロポーズ？　それとも、参考までにきいただけ？」

「今回はもちろん、プロポーズだよ」

　エラはにっこりして両手を差し出した。「ついに、理想の男性がプロポーズしてくれたのね」

　マットはエラを抱き締めた。これで少なくともあと一時間は出発できないことが確実になった。

七夜の約束
2013年11月20日発行

著　者	キンバリー・ラング
訳　者	萩原ちさと（はぎわら　ちさと）
発行人	立山昭彦
発行所	株式会社ハーレクイン 東京都千代田区外神田 3-16-8 電話 03-5295-8091（営業） 0570-008091（読者サービス係）
印刷・製本	大日本印刷株式会社 東京都新宿区市谷加賀町 1-1-1

造本には十分注意しておりますが、乱丁（ページ順序の間違い）・落丁（本文の一部抜け落ち）がありました場合は、お取り替えいたします。ご面倒ですが、購入された書店名を明記の上、小社読者サービス係宛ご送付ください。送料小社負担にてお取り替えいたします。ただし、古書店で購入されたものについてはお取り替えできません。
®とTMがついているものはハーレクイン社の登録商標です。

この書籍の本文は環境対応型の植物油インクを使用して印刷しています。

Printed in Japan © Harlequin K.K. 2013

ISBN978-4-596-12910-9 C0297

11月20日の新刊　好評発売中！

愛の激しさを知る　ハーレクイン・ロマンス

孤独な妻	ヘレン・ブルックス／井上絵里 訳	R-2909
七夜の約束	キンバリー・ラング／萩原ちさと 訳	R-2910
愛の谷の花嫁	アン・メイザー／神鳥奈穂子 訳	R-2911
イタリア貴族の籠の鳥	キャロル・モーティマー／山口西夏 訳	R-2912
天使と悪魔の愛人契約	キャシー・ウィリアムズ／漆原　麗 訳	R-2913

ピュアな思いに満たされる　ハーレクイン・イマージュ

聖なる夜に開く薔薇	マーガレット・ウェイ／外山恵理 訳	I-2299
ひとかけらの恋	ベティ・ニールズ／後藤美香 訳	I-2300

この情熱は止められない！　ハーレクイン・ディザイア

ボスが突然、プリンスに	リアン・バンクス／長田乃莉子 訳	D-1587
本気のキスは契約違反（花嫁は一千万ドルⅠ）	ミシェル・セルマー／土屋　恵 訳	D-1588

もっと読みたい“ハーレクイン”　ハーレクイン・セレクト

ダイヤモンドは誘惑の石	ジャクリーン・バード／高木晶子 訳	K-192
アフタヌーンティーの魔法	シャロン・ケンドリック／山根三沙 訳	K-193
愛の一夜	レベッカ・ウインターズ／大島ともこ 訳	K-194

永遠のハッピーエンド・ロマンス　コミック

・ハーレクインコミックス（描きおろし） 毎月1日発売
・ハーレクインコミックス・キララ 毎月11日発売
・ハーレクインオリジナル 毎月11日発売
・ハーレクイン 毎月6日・21日発売
・ハーレクインdarling 毎月24日発売

☆★ベスト作品コンテスト開催中！★☆

あなたの投票でナンバーワンの作品が決まります！
全応募者の中から抽選ですてきな賞品をプレゼントいたします。
対象書籍　【上半期】1月刊~6月刊　【下半期】7月刊~12月刊
⇒　詳しくはHPで！　www.harlequin.co.jp

12月5日の新刊発売日11月29日 ※地域および流通の都合により変更になる場合があります。

愛の激しさを知る　ハーレクイン・ロマンス

心を捨てた億万長者（ウルフたちの肖像Ⅴ）	リン・レイ・ハリス／柿沼摩耶 訳	R-2914
クリスマスイブの懺悔	ダイアナ・ハミルトン／高木晶子 訳	R-2915
ひと月だけの愛の嘘	トリッシュ・モーリ／山本みと 訳	R-2916
ギリシアの無垢な花	サラ・モーガン／知花　凜 訳	R-2917

ピュアな思いに満たされる　ハーレクイン・イマージュ

今宵、秘書はシンデレラ	バーバラ・ウォレス／北園えりか 訳	I-2301
伯爵が遺した奇跡	レベッカ・ウインターズ／宮崎真紀 訳	I-2302

この情熱は止められない！　ハーレクイン・ディザイア

フィアンセの絶対条件（ダンテ一族の伝説）	デイ・ラクレア／大田朋子 訳	D-1589
秘密の電撃結婚（億万長者に愛されてⅣ）	キャサリン・マン／秋庭葉瑠 訳	D-1590

もっと読みたい"ハーレクイン"　ハーレクイン・セレクト

刻まれた記憶	ペニー・ジョーダン／古澤　紅 訳	K-195
花嫁の秘密	シャーロット・ラム／松村和紀子 訳	K-196
恋愛志願	サンドラ・マートン／小長光弘美 訳	K-197
雪舞う夜に	ダイアナ・パーマー／中原聡美 訳	K-198

華やかなりし時代へ誘う　ハーレクイン・ヒストリカル・スペシャル

最後の騎士と男装の麗人	デボラ・シモンズ／泉　智子 訳	PHS-76
子爵の憂愁	アン・アシュリー／杉浦よしこ 訳	PHS-77

ハーレクイン文庫　文庫コーナーでお求めください　12月1日発売

裏切りの結末	ミシェル・リード／高田真紗子 訳	HQB-554
愛の惑い	ヘレン・ビアンチン／鈴木けい 訳	HQB-555
マグノリアの木の下で	エマ・ダーシー／小池　桂 訳	HQB-556
花嫁の契約	スーザン・フォックス／飯田冊子 訳	HQB-557
恋する修道女	ヴァイオレット・ウィンズピア／山路伸一郎 訳	HQB-558
すてきなエピローグ	ヴィクトリア・グレン／鳥居まどか 訳	HQB-559

ハーレクイン社公式ウェブサイト

新刊情報やキャンペーン情報は、HQ社公式ウェブサイトでもご覧いただけます。

PCから ➡ http://www.harlequin.co.jp/　スマートフォンにも対応！ ハーレクイン 検索

シリーズロマンス（新書判）、ハーレクイン文庫、MIRA文庫などの小説、コミックの情報が一度に閲覧できます。

〈ウルフたちの肖像〉第5話は新進気鋭のリン・レイ・ハリス!

高額な報酬で、大富豪ジャックに同伴して彼の弟の結婚式に出席することになったカーラ。ジャックに惹かれながらも、彼の関心が体だけと思い距離を置こうとする。

『心を捨てた億万長者』

●ロマンス
R-2914
12月5日発売

ギリシア人富豪との恋をサラ・モーガンが描く

22歳になったセレーネは非情な父親から逃れて自立するため、「5年後に会おう」と約束してくれた初恋の人、実業家ステファノスの言葉を信じて会いに行くが…。

『ギリシアの無垢な花』

●ロマンス
R-2917
12月5日発売

レベッカ・ウインターズが贈るイタリア人伯爵との恋

事故に遭い、支え合った見知らぬ男性と一夜の愛を交わしたサミ。男性は亡くなるが、助けられた彼女は授かった子供を彼の父親に会わせようとジェノバに向かう。

『伯爵が遺した奇跡』

●イマージュ
I-2302
12月5日発売

キャサリン・マン〈億万長者に愛されて〉最終話!

1年前、熱烈な恋におち結婚するも、翌朝には結婚を解消した図書館司書のエロイーサ。ところが、それ以来連絡を取っていなかった結婚相手のジョナが突然現れた。

『秘密の電撃結婚』

●ディザイア
D-1590
12月5日発売

ダイアナ・パーマーが魅せるクリスマスの恋

ルームメイトの兄イーサンがクリスマス休暇にアパートに滞在することになった。奔放な女と決めつけたうえ、誘惑までしてきた彼に、ケイティは怒り狂い…。

『雪舞う夜に』

●セレクト
K-198
12月5日発売

超人気作家デボラ・シモンズの〈ディ・バラ家〉の物語、フィナーレ!

13世紀イングランド。ディ・バラ家の個性的で魅力あふれる7兄弟の恋を描いた、名作シリーズ。待望の最終話は、末息子ニコラスの物語。

『最後の騎士と男装の麗人』

●ヒストリカル・スペシャル
PHS-76
12月5日発売